Carolin Uliczka

Man sitzt insgesamt
viel zu wenig am
Meer

AF189108

Die Autorin

Carolin Uliczka liebt Sprachen, Geschichten und ihre Familie. Sie wollte schon immer einmal ein Buch schreiben und erfüllt sich mit diesem Roman nun ihren Traum.

Carolin Uliczka

Man sitzt insgesamt viel zu wenig am Meer

Roman

Bibliografische Information der Deutschen
Nationalbibliothek:

Die Deutsche Nationalbibliothek verzeichnet diese
Publikation in der Deutschen Nationalbibliografie;
detaillierte bibliografische Daten sind im Internet
über http://dnb.dnb.de abrufbar.

© 2019 Carolin Uliczka

Herstellung und Verlag:

BoD – Books on Demand, Norderstedt

ISBN: 978-3-74601-847-8

Für Nils

KAPITEL EINS

Tu ich's oder tu ich's nicht?

Immer und immer wieder lese ich mir den Brief durch. Was ich mir davon erhoffe, weiß ich auch nicht so genau.

„Und was mache ich, wenn sie mir gar nicht antworten will?", frage ich Daniel am Telefon.
    „Das ist doch jetzt erst einmal egal. Du hast gesagt, es ist dir ein Bedürfnis, dich bei ihr zu bedanken. Dann musst du diesen Brief auch schreiben. Und vor allem absenden, Lottchen!"

Den besagten Brief habe ich schon oft im Laufe des letzten Jahres angefangen, aber nie war er mir gut genug. Ein letztes Mal überfliege ich die Zeilen.

Liebe Lebensretterin,

seit Deiner Spende hat für mich eine neue Zeitrechnung begonnen, deshalb sind es nun nur noch ein paar Monate bis zu meinem zweiten Geburtstag und ich habe keine Ahnung, wie ich Dir jemals dafür danken soll. Trotzdem möchte ich es irgendwie versuchen.

Als ich die Diagnose bekommen habe, hat es mir den Boden unter den Füßen weggerissen. In diesem Moment wurde mir erst so richtig bewusst, dass das Leben tatsächlich endlich ist. Und es fiel mir ein, was ich eigentlich noch alles machen wollte und bisher immer nur aufgeschoben habe.

Plötzlich verschoben sich alle Prioritäten und so vieles erschien auf einmal unwichtig, was mir vorher so viel bedeutet hat. Von einem Moment auf den anderen drehte sich alles einfach nur noch ums Überleben. Ich wusste vorher nicht, wie groß Ängste wirklich sein können.

Dann hieß es, dass mir eine Stammzellenspende das Leben retten könnte. Ich war einerseits froh, dass es überhaupt eine Möglichkeit gab, andererseits erlebte ich da zum ersten Mal bewusst, was es heißt, *abhängig zu sein. Abhängig von einem anderen Menschen, der hoffentlich zu einer Spende bereit ist.*

Und dann geht es dabei ja auch noch um Glück. Das Glück, überhaupt einen passenden Spender zu finden. Ich konnte es kaum fassen, als die Nachricht kam, dass tatsächlich jemand für mich gefunden wurde und dieser jemand auch zu einer Spende bereit ist.

Auch wenn ich Dich nicht kenne, weiß ich, dass Du ein großartiger Mensch bist. Ein Mensch, dem andere Menschen nicht egal sind, ganz im Gegenteil. Ich möchte Dir dafür danken, dass Du so bist wie Du bist. Und auch allen Umständen und Menschen, die Dich zu dem gemacht haben, was Du heute bist.

Ich danke Dir dafür, dass ich die Prioritäten in meinem Leben wieder neu setzen kann. Dass ich noch eine Chance bekomme, all das zu tun, was ich schon immer machen wollte. Ich danke Dir dafür, dass meine Reise hier noch nicht zu Ende ist und hoffe, dass uns diese Reise auch irgendwann einmal zusammenführt.

Danke für mein neues Leben.
Dein genetischer Zwilling

„Dein genetischer Zwilling... wie unpersönlich das klingt. Ein Zwilling ist doch eigentlich etwas sehr persönliches", seufze ich.

„Aber es hilft doch nichts, du musst eben noch anonym bleiben. Das klingt gut, ehrlich", versucht Daniel mich zu beruhigen.

Richtig, ich muss noch anonym bleiben, bis die zwei Jahre nach der Spende vergangen sind. Falls ich noch einmal erkranke und noch einmal eine Spende benötige. Eine albtraumhafte Vorstellung.

„Na gut, jetzt oder nie." Ich beende das Telefonat, stecke den Brief in einen Umschlag, klebe ihn zu und eine Briefmarke darauf und mache mich auf zum Briefkasten. Ein gewisser Stolz überkommt mich, nachdem ich den Brief tatsächlich eingeworfen habe. Endlich habe ich mal wieder etwas bis zum Ende durchgezogen.

Allerdings steigt nun meine Nervosität von Tag zu Tag, weil ich nicht weiß, ob ich wohl jemals eine Antwort bekommen werde. Doch das ist nur eine der vielen Ängste, die mich immer wieder plagen.

Was ist, wenn die Krankheit zurückkommt? Stehe ich das noch einmal durch? Und was erwarten nun alle von mir? Prägt mich diese Krankheit jetzt für immer oder kann mich irgendwann auch mal wieder jemand normal ansehen, ohne Mitleid?

Meine Erkrankung kam wie aus dem Nichts. Ich hatte gerade mein Abitur gemacht und war in der letzten Zeit oft schlapp. Nie wäre ich auf die Idee gekommen, dass das mit etwas anderem als der ewigen Lernerei zu tun gehabt haben könnte.

Blutkrebs ist eine heimtückische Krankheit, denn man sieht sie nicht, man fühlt sie nur. Und kaum ist die Diagnose da, bist du plötzlich ein anderer Mensch. Der, den alle so mitleidig anschauen.

Dir bleibt eigentlich nur noch die Wahl in Selbstmitleid zu ertrinken oder zu kämpfen. Ich habe mich fürs Kämpfen entschieden.

Man muss aber nicht nur stark sein, um die Krankheit zu besiegen, sondern auch, um das viele Mitleid zu ertragen, das die anderen nur gut meinen. Und das trotzdem wie eine zusätzliche Last schwer auf den Schultern wiegt. Ich freue mich auf den Tag, an dem das alles keine Rolle mehr spielt.

Was mich besonders am Kranksein stört, ist diese ewige Warterei. Man sitzt da und lässt alle Behandlungen über sich ergehen, ohne dass man selber besonders viel dazu beitragen kann. Man ist völlig abhängig davon, dass man gepflegt und behandelt wird. Ich hasse es, auf diese Art und Weise im Mittelpunkt zu stehen.

Wenn man etwas kann und leistet, macht es Spaß im Mittelpunkt zu stehen, es fühlt sich sogar richtig gut an. Wenn man aber im Mittelpunkt steht, weil man eigentlich nichts mehr so wirklich alleine kann, ist das der blanke Horror.

Auf die Antwort meiner Lebensretterin muss ich zum Glück gar nicht lange warten und reiße mit zittrigen Händen und doch voller Vorfreude den Briefumschlag auf.

2. Februar

Lieber „Zwilling",

vielen Dank für Deinen Brief, es ist so schön von Dir zu hören!

Du hast recht, ich bin ein Mensch, dem andere Menschen alles andere als egal sind. Allerdings würde ich das nicht als „großartig" bezeichnen, ich bin einfach ein Mensch, der das Leben liebt und für den es selbstverständlich ist zu helfen. Man kann nicht einfach die Augen vor unangenehmen Themen verschließen und erwarten, dass sie von alleine verschwinden. Und wenn man mit so wenig Aufwand so viel bewirken kann, ist das doch fantastisch!

Es freut mich so sehr, dass Du nun die Chance dazu bekommen hast, Dein Leben neu zu beginnen und neu zu ordnen. Ich finde Veränderungen total

*spannend und schlage auch gerne neue Richtungen
ein (allerdings zum Glück aus anderen Gründen).*

*Wer weiß, wohin mich meine Reise führt, aber ich
würde mich freuen, wenn Du mir alles von Deiner
weiteren Reise berichtest und auch irgendwann
einmal bei mir Halt machst.*

Deine stolze Spenderin

„Sie klingt unglaublich nett und will mich auch gern
einmal treffen!", berichte ich Daniel überglücklich
am Telefon.

„Na siehst du, es lohnt sich doch manchmal über
seinen Schatten zu springen."

Auch wenn es nur wenige Zeilen sind, denke ich
immer wieder über den Brief und ihre Worte nach.
Ein Mensch, der das Leben liebt, das bin ich
inzwischen auch wieder. Bloß fehlt mir dazu noch
diese gewisse Leichtigkeit. Aber ich bin fest
entschlossen, genau das zu ändern.

Nur ist das nicht gerade leicht, wenn man von der
eigenen Familie weiterhin wie ein rohes Ei behandelt
wird und grundsätzlich nicht weiß, was man jetzt
eigentlich genau mit seinem Leben anfangen will.
Meine Eltern waren schon immer sehr fürsorglich,
doch durch meine Erkrankung wurden sie

verständlicherweise beinahe überängstlich. Oft fallen Sätze wie: „Kannst du das denn schon? Warte doch lieber noch ein bisschen ab, bis du wieder ganz fit bist." Und schon ist er wieder dahin, mein Tatendrang.

Vielleicht kann mir am besten jemand aus diesem Dilemma herauszuhelfen, der mich noch nicht in- und auswendig kennt. Und der genau deshalb hoffentlich objektiver an die Sache herangeht.

27. Februar

Liebe Lebensretterin,

es ist eine Sache, eine neue Chance zu bekommen, und eine andere, sie auch zu nutzen. Ich würde so gerne wirklich neu anfangen, nur wie? Wo fange ich an?

Laut meinen Ärzten habe ich sehr gute Fortschritte gemacht, mir geht das aber alles viel zu langsam. Ich weiß, das klingt undankbar, aber wenn ich schon mein Leben zurück habe, möchte ich es auch am liebsten sofort und in vollen Zügen genießen können. Verstehst Du, wie ich das meine?

Ich weiß nicht, wie ich die letzten Jahre hinter mir lassen soll. Die alten Ängste holen mich immer wieder ein und ich weiß nicht, wie ich sie abstellen soll. Ich weiß nur, dass es Zeit ist für einen Neuanfang.

Du hast geschrieben, dass Du auch gerne neue Richtungen einschlägst. Wie machst Du das denn?

Dein etwas planloser „Zwilling"

16. *März*

Lieber „Zwilling",

ich liebe schlaue Sprüche, deshalb versuche ich mir (und anderen) meist auf diese Weise einen Tritt zu verpassen.

„Man sitzt insgesamt viel zu wenig am Meer" ist so etwas wie mein Lebensmotto geworden. Was ich damit sagen will, ist: Lass einfach mal Deine Seele baumeln. Nimm Dir eine Auszeit, um Dich wieder neu orientieren zu können. Und warte nicht darauf, dass Andere etwas für Dich tun. Tu Dir selber etwas Gutes, sei es Dir selber wert!

Mir fiel das Warten schon immer schwer, denn ich bin ein sehr impulsiver Mensch. Genau aus diesem Grund habe ich mir auch ein Wohnmobil zugelegt, um immer mal schnell aus dem Alltag ausbrechen zu können. Und ich kann Dir sagen, es kommt auch bei

*meinen Freunden sehr gut an und ist deshalb immer
unterwegs. Es führt sozusagen ein Eigenleben,
deshalb habe ich es zur Pflicht gemacht, dass jeder
in ihm eine Postkarte oder ein Foto von den Orten
hinterlässt, an denen er mit meinem Wohnmobil war.
Da ist schon eine ganz hübsche Sammlung
zusammengekommen.*

*Also Kopf hoch, Du schaffst alles, was Du willst, da
bin ich mir sicher!*

Deine stets positiv denkende Spenderin

„Sie klingt wie du", sage ich zu Daniel am Telefon.
„Ihr würdet prima zusammenpassen."

„Na dann nimm mich doch mit zu eurem Treffen",
gibt er zurück und ich kann das Grinsen in seinem
Gesicht geradezu hören.

Ihr Brief gibt mir genau den Denkanstoß, den ich
benötigt habe. *Tu Dir selber etwas Gutes, sei es Dir
selber wert!* Wie oft denke ich eigentlich an mich
selbst? Also nur an mich und nicht an die verdammte
Krankheit.

Ich fühle mich meist geradezu egoistisch, wenn ich
etwas nur für mich tue, schließlich tun alle anderen
schon so viel für mich. Ich habe immer das Gefühl,
dass ich mich dafür irgendwie revanchieren muss.

Aber vielleicht ist genau jetzt die Zeit dazu gekommen, etwas nur für mich zu tun.

Ich brauche also einen Neuanfang, soviel steht fest. Wobei man es vielleicht auch einfach als Orientierung bezeichnen könnte, schließlich kam meine Krankheit so gesehen zu einem „günstigen Zeitpunkt". Mein Leben befand sich durch den Schulabschluss eh im Umbruch, ich steige eben nur zeitverzögert wieder in meine Zukunftsplanung ein. Andere machen ein Soziales Jahr zu Orientierungszwecken, ich hatte zu diesem Zweck eben meine krankheitsbedingte Auszeit. Jetzt muss ich bloß wieder den Anschluss finden.

Allerdings klingt das auch viel einfacher, als es für mich tatsächlich ist. Denn was will ich denn eigentlich genau? Was sind meine Ziele? Wofür will ich kämpfen?
Ich habe nun schon einmal um mein Leben gekämpft und gewonnen, da sollte der Rest doch eigentlich nicht so schwer sein. Und doch holen mich immer wieder meine alten Ängste ein. Denn was ist, wenn ich doch noch einmal erkranke?

Um nicht gleich wieder Trübsal zu blasen, mache ich mich auf den Weg zu der Buchhandlung, in der ich schon oft diese hübschen Notizbücher gesehen habe.

Ich möchte meine Pläne nicht auf einen schnöden Zettel schreiben, sondern ihnen gleich den richtigen Rahmen geben.

KAPITEL ZWEI

Ein Etappenziel

Und so verbringe ich nun also die nächsten Tage damit, mir Gedanken über mich und meine Zukunft zu machen und alles fein säuberlich in meinem Notizbuch zu dokumentieren. Bis es an einem ganz besonderen Tag Zeit ist für den nächsten Brief an meine Lebensretterin.

10. April

Liebe Lebensretterin,

wir haben es geschafft, die Zweijahresmarke ist geknackt! Endlich darf ich mich Dir persönlich vorstellen, was ich hiermit tue:
Mein Name ist Charlotte May, ich bin in normaler Zeitrechnung 21 Jahre alt und der lebendige Beweis dafür, dass Du eine Superheldin bist.

Ich führe seit Neuestem eine Liste mit Punkten, die ich in meinem Leben erreichen oder ausprobieren möchte. Die letzten Jahre haben mir gezeigt, wie schnell sich alles ändern kann. Dass es nicht immer gut ist, auf den richtigen Zeitpunkt zu warten, denn der kommt vielleicht nie.

Ich möchte nie wieder das Gefühl haben, dass ich bereuen muss, etwas nicht getan zu haben, wenn ich jetzt gehen müsste. Ich denke, ich muss einfach mal was riskieren. Und es fühlt sich echt gut an, Pläne zu haben.

Hier ist die momentane Fassung:

- *meine Lebensretterin treffen*
- *mehr auf mein Bauchgefühl hören als auf meinen Verstand*
- *ein Psychologie-Studium beginnen*
- *mich verlieben*
- *ein Blind Date haben*
- *am Meer sitzen*
- *einen Berg besteigen*
- *einen Kaffee mit Blick auf den Eiffelturm trinken*
- *Snowboard fahren lernen*
- *die Welt bereisen*

Ich bin neugierig auf das Leben und natürlich auch auf Dich, aber was hältst Du denn von einem Blind Date? Dann hätte ich diesen Punkt auf meiner Liste schon mal abgehakt. Und außerdem noch etwas Zeit mich auch optisch wieder vollends zu regenerieren.

Ich freue mich auf Dich!
Deine Charlotte

„Dich optisch zu regenerieren? Jetzt hör aber mal auf, Lottchen", schimpft Daniel mit mir.

„Na ich fühl' mich halt noch nicht so wie früher", gebe ich zurück.

„Kannst du aber, ehrlich."

„Das kannst du doch gar nicht beurteilen, wir haben uns ja jetzt auch schon eine Weile nicht mehr gesehen."

„Dann komm doch mal wieder her. Dann könntest du auch gleich den Punkt ‚am Meer sitzen' abhaken."

Da hat er recht, vielleicht sollte ich das tatsächlich tun.

19. April
Liebe Charlotte,

schön Dich noch einmal kennenzulernen und herzlichen Glückwunsch zum zweiten Geburtstag!

Ich heiße Luisa Wagner, bin 25 Jahre alt und könnte mich an den Superheldinnen-Titel gewöhnen.

Deine Liste finde ich super, so mache ich das auch schon seit einer Weile. Allerdings weiß ich bei meiner Liste nicht, ob dafür ein Leben überhaupt ausreicht.

Ein Blind Date klingt spannend. Und da mir so ein Date wohl nicht mehr vergönnt sein wird, sehr gerne! Du musst nämlich wissen, dass ich bereits mehr als glücklich vergeben bin, an einen sehr sportlichen Mann mit dunkelbraunen Haaren und wahnsinnig schönen Augen. Er hat etwas Geheimnisvolles an sich, sagt aber sehr deutlich, was er will. Er ist spontan, aber immer für mich da, wenn ich ihn brauche, einfach ein Traummann… Mein Traummann, wohlgemerkt!

Davon kannst Du Dich ja dann bei unserem Treffen überzeugen.

Ich bin schon so gespannt auf Dich!
Deine Luisa

„Sie hat schon einen Freund", teile ich Daniel wie immer telefonisch mit.

„Deine Kuppelversuche in allen Ehren, Lottchen,

16

aber da ich sie ja eh noch gar nicht kannte, haut mich das jetzt nicht so vom Hocker."

„Ich mein' ja nur. Ich habe übrigens was beschlossen."

„Und das wäre?"

„Ich fange jetzt tatsächlich an meine Pläne in die Tat umzusetzen."

Wild entschlossen berichte ich meinen Eltern von meinen Urlaubsplänen, bevor mich wieder der Mut verlässt.

„Was willst du denn am Meer?", fragt meine Mutter.

„Sitzen."

„Sitzen? Aber das kannst du doch auch hier. Bei uns."

„Mensch Mama, das ist doch nicht das Gleiche."

„Wieso? Was machst du denn da noch außer sitzen?"

Gute Frage eigentlich.

„Na ich gucke mich halt um."

„Also ehrlich Charlotte, das geht doch nun wirklich überall."

„Aber doch nicht so."

„Na wie denn dann?", schaut sie mich fragend an.

„Hier ist doch gar kein Meeresrauschen. Und keine Möwen. Die Luft schmeckt nicht salzig und der Wind bläst einem nicht den Kopf frei."

„Vögel haben wir doch im Garten auch."

„Lass gut sein", mischt mein Vater sich ein. „Das Mädel braucht einfach mal Abstand."

„Abstand? Von uns?"

„Unglaublich, aber wahr", spottet mein Vater.

„Und was ist, wenn es dir dann nicht so gut geht? Wer kümmert sich denn da um dich? Vielleicht kann ich mir Urlaub nehmen."

„Nein, Mama, bitte nicht. Ich bin euch jetzt lange genug zur Last gefallen, ich glaube, wir müssen alle mal durchatmen."

Meine Mutter scheinen meine Worte nicht besonders glücklich zu machen.

„Aber dann meldest du dich bitte jeden Tag, am besten morgens und abends. Und ich rufe Daniels Mutter an, dass die beiden ein Auge auf dich haben sollen."

„Tu das, Mama."

3. Mai

Liebe Luisa,

ich freue mich unglaublich auf unser erstes Treffen, aber jetzt fahre ich erst einmal in den Urlaub!

Ja, Du hast ganz richtig gelesen, ich fahre tatsächlich endlich mal wieder weg von zuhause. Allein.

Meine Familie ist davon nicht wirklich überzeugt, aber ich brauche einfach mal den Abstand und die Zeit für mich.

Und wie Du schon so schön sagtest: „Man sitzt insgesamt viel zu wenig am Meer."

Und das werde ich jetzt nachholen. Und danach komme ich völlig tiefenentspannt zu Dir. Vielleicht bekommst Du ja sogar eine Postkarte.

Bis ganz bald!
Deine Charlotte

KAPITEL DREI

Endlich am Meer

Nun stehe ich also hier, in der Nässe und Kälte, und warte auf den Bus. Den Bus, der mich zum Bahnhof bringt, damit ich diesem ganzen Wahnsinn der letzten Jahre einmal entfliehen kann.

Ich will weg, einfach nur weg. Weg von der Krankheit und den Menschen, die mich Tag und Nacht behüten und nur das Beste für mich wollen.

Ich will ans Meer und ins Weite starren. Am liebsten würde ich dort alle meine Ängste in den Fluten versenken, doch bei meinem Glück würden sie sicher mit der nächsten Welle wieder zu mir zurück gespült werden.

Der Bus kommt und bringt mich zum Bahnhof. Während ich auf den Zug warte, beobachte ich die anderen Menschen auf dem Bahnsteig. Ich frage mich, was sie antreibt, wohin sie wollen und bedaure zum wiederholten Male, dass ich keine Gedanken lesen kann. Und zum genausovielten Male hoffe ich, dass das auf Gegenseitigkeit beruht und auch nie jemand meine wird lesen können.

Die Fahrt zum Meer ist lang und meine Gedanken drehen sich weiter im Kreis, immer und immer wieder um die letzten Jahre herum. Ich denke aber auch über Luisas Lebensmotto nach: *Man sitzt insgesamt viel zu wenig am Meer.*

Was passiert mit so einem Motto eigentlich, wenn man ans Meer zieht? Wünscht man sich dann die Berge? Kann man zu viel vom Meer bekommen? Kann einen das stete Rauschen stressen statt zu entspannen?

Und was macht man eigentlich, wenn man am Meer sitzt? Was genau fehlt einem, wenn man dort nicht sitzt? Ich glaube, es ist die Ruhe, die man am Meer verspürt. Das Loslassen, Abschalten, Freisein. Denn man macht ja eigentlich nicht wirklich etwas, wenn man am Meer sitzt. Entweder schaut man in die Ferne oder man liest, hört Musik oder unterhält sich. Man konzentriert sich dort also auf das, was man tut. Man wird nicht mehr reizüberflutet und macht nicht mehr alles gleichzeitig. Vielleicht ist es dieses Besinnen auf eine Sache, dass den Reiz des am Meer Sitzens ausmacht. Diese Reduziertheit, die aber gleichzeitig alle Sinne anspricht. Man kann stundenlang am Meer sitzen, ohne sich zu langweilen. Jedenfalls kann ich das.

Und dann sitze ich auch endlich am Meer, an meiner Lieblingsstelle im Sand vor den Dünen. Es ist noch früh am Morgen, der Wind ist noch frisch und man hört nicht mehr als das Rauschen der herannahenden Wellen. Ich schmecke die salzige Luft und genieße die Einsamkeit. Endlich fühle ich mich wieder einmal frei und versuche meine Gedanken loszulassen.

Der Strand ist der einzige Ort, an dem ich wirklich einmal loslassen kann. Ich habe das Gefühl, dass der Wind meinen Kopf leerfegt und ich einfach einmal runterkommen kann. Am Strand wird alles plötzlich so belanglos. Und ich fühle mich dort nicht mehr in meinen Möglichkeiten eingeschränkt sondern regelrecht frei, weil am Horizont keinerlei Grenzen zu sehen sind. Das Meer scheint endlos weiterzugehen. Ich blicke ins weite Nichts und bin glücklich.

Ich schicke meinen Eltern ein Foto von mir am Strand, damit sie sehen, dass es mir gut geht.

Papa: *Zieh dir mal was über. Der Mama ist kalt, wenn sie dich so sieht.*

Ich liebe meine Eltern.

Die Sonne steigt langsam immer höher über den Wasserspiegel und ich entdecke einen ebenso einsamen Jogger an der Wasserkante entlanglaufen.

Ob er wohl auch vor etwas davonläuft? Er schaut mich an und lächelt. Ich lächle zurück und spüre ein wohliges Gefühl in mir aufsteigen, das sich irgendwie vertraut anfühlt. Er läuft weiter und ich schaue seinen Spuren nach, die langsam von den Wellen weggespült werden.

Das wohlige Gefühl weicht langsam einem Hungergefühl und ich gebe schweren Herzens meinen Platz am Wasser auf.

Ich gehe zu dem einzigen Bäcker in dem kleinen Ort und nehme mir ein Rosinenbrötchen und einen Kaffee mit. Milch und Zucker lehne ich dankend ab, schließlich will ich Kaffee trinken und kein Mischgetränk.

Ich schlendere an den Strand zu meinem Lieblingsplatz zurück und stelle entsetzt fest, dass er bereits besetzt ist. Doch Moment mal, ist das nicht der Jogger von eben? Er lächelt mich erwartungsvoll an, aber mir steht noch nicht der Sinn nach einer Unterhaltung, ich brauche noch Zeit für mich. Ich schüttele lächelnd den Kopf und gehe wieder auf den

Deich zurück. Dann wird es wohl ein Frühstücksspaziergang werden müssen.

Doch da Laufen ja bekanntlich das Denken anregt, wird es kein entspanntes Frühstück, im Gegenteil. Meine Gedanken rasen wieder, immer und immer um die letzten Jahre herum.

Zu dieser Jahreszeit ist der kleine Ort noch sehr verschlafen und da noch keine Urlaubssaison ist, hat auch nur ein einziges kleines Restaurant geöffnet. Da ich aber immer noch nicht auf der Suche nach einem Gespräch mit meinen Mitmenschen bin, das sich sicherlich ergeben würde, wenn ich mich dort nun allein an einen Tisch setzte, entscheide ich mich für den kleinen Supermarkt und etwas Selbstgekochtes zum Mittag.

Also Nudeln, denn viel mehr bekomme ich gar nicht hin. Ich sollte meine Liste um den Punkt „kochen lernen" erweitern, sobald ich wieder zuhause bin.

Ich quetsche mich durch die engen Gänge des Supermarktes und blicke automatisch zur Eingangstür, als die kleine Klingel einen weiteren Besucher ankündigt.

Und da ist er wieder, der Jogger. Er blickt sich suchend um und bleibt dann an meinem Blick hängen. Ich drehe mich schnell weg und verschaffe mir angestrengt einen Überblick über das Nudelsortiment. Es gibt Penne und Fusilli, lange werde ich mich damit wohl nicht aufhalten können.

Er schiebt sich an mir vorbei und ich spüre seinen Blick im Nacken. Sofort durchfährt mich wieder dieses vertraute Gefühl und ich muss mich einfach umdrehen. Er lächelt wieder und aus der Nähe sehe ich zum ersten Mal die kleinen Grübchen auf seinen Wangen. Er hat einen Dreitagebart und strahlend blaue Augen.

Plötzlich schauen diese mich sehr skeptisch an und seine Stirn legt sich in Falten. Sofort werde ich rot und drehe mich wieder um. Er geht weiter und mit ihm das vertraute Gefühl.

Was war das denn jetzt? Hat er sich etwa über meinen Anblick aus der Nähe erschrocken? Fand er mich von Weitem noch ganz ansehnlich und so dicht vor sich dann doch eher abstoßend? Mit einem komischen Gefühl im Bauch gehe ich an die Kasse und bezahle meine Penne und das Pesto.

Zuhause angekommen fällt mir ein, dass ich schlauerweise vielleicht auch noch etwas zum Abendbrot hätte mitbringen können, aber die Begegnung mit dem Jogger hat mich völlig aus der Bahn geworfen.

Ich wohne wie immer in dem Ferienhaus meiner Oma, meinem zweiten Zuhause. Es liegt etwas abseits am Ortsrand mit Blick auf die Felder. Auch sie hat es immer als Zufluchtsort genutzt, wenn ihr alles zu viel wurde.

Der kleine Ort war ursprünglich ein Fischerdorf und wurde im Laufe der Jahre vom Geheimtipp zu einem beliebten Urlaubsziel. Aufgrund seiner Größe und der Abneigung der Gemeindeverwaltung gegenüber Neubaumaßnahmen wird er sich jedoch nicht so schnell zu einer Touristenhochburg mausern. Die Übernachtungsmöglichkeiten sind begrenzt und sollen es auch bleiben, daher ist meist alles frühzeitig ausgebucht.

Meine Oma wurde schon oft gefragt, warum sie ihr Haus denn nicht auch zwischenvermietet, schließlich stünde es einen Großteil des Jahres leer und diesen Leerstand könnte man doch prima zu Geld machen. Sie hat das jedoch immer abgelehnt, um flexibel zu bleiben in Situationen wie dieser, in der ich mich gerade befinde. Um einfach mal eben aus dem Alltag flüchten zu können und sich eine Auszeit zu gönnen. Dass das mehr wert ist als alles Geld, spüre ich gerade.

Es ist ein altes Steinhaus mit blauen Fensterläden, der Garten ist klein und naturbelassen und geht optisch einfach in die dahinterliegenden Felder über. Drinnen herrscht ein gemütliches Chaos, vollgestopft mit Erinnerungsstücken, die meine Oma im Laufe der Zeit angesammelt hat. Ein geblümtes Sofa und ein Schaukelstuhl laden zum Tagträumen ein und die kleine Küche beinhaltet alles, was man zum Überleben braucht.

Oben befinden sich das Bad und zwei kleine Schlafzimmer, auf deren Betten sich Horden von unterschiedlichen Kissen befinden. Keines stimmt in Größe, Form oder Muster mit einem anderen überein. „Für alle Eventualitäten das jeweils passende Kissen", sagt meine Oma immer. Ich habe das noch nie verstanden, aber es ist zumindest hübsch anzuschauen.

Ich suche mir mein Lieblingskissen aus diesem Berg heraus, ein verwaschenes rosafarbenes Kissen mit bunten Hunden darauf, das sich wunderbar mit dem geblümten Sofa beißt, nehme es mit nach unten und platziere es auf eben diesem Sofa. So habe ich schon als Kind immer darauf gekuschelt und so muss es auch heute noch aussehen, damit ich mich gleich heimisch fühle.

Den restlichen Vormittag und auch den ganzen Nachmittag verbringe ich auf dem Sofa, an mein Kissen gekuschelt und alten Erinnerungen nachhängend. Ich stehe nur kurz zwischendurch auf, um mir meine Nudeln zu kochen. Essen tue ich sie ebenfalls auf dem Sofa. Wenn das meine Oma wüsste…

Doch als mich die Erinnerungen nur noch zu

meiner Krankheit führen, stehe ich lieber auf und gehe wieder zum Strand. Ich muss meine Ängste irgendwie loslassen, sie in den Fluten ertränken. Vielleicht hilft es, wenn ich sie den Möwen erzähle, die über die Dünen kreisen?

Ich ziehe meine Schuhe aus und laufe barfuß durch den Sand. Zuerst versinken meine Zehen noch in ihm, doch je näher ich dem Wasser komme, desto fester und feuchter wird der Boden. Ich stelle mich an die Wasserkante und lasse die Wellen meine Füße umspülen. Das Wasser ist noch sehr kalt, doch ich liebe dieses Gefühl. Der Wind streicht mir durch das Haar und ich blicke hinaus aufs Meer.

Ich weiß nicht, wie lange ich hier schon so stehe, doch langsam werden meine Füße eisig kalt und fangen an zu kribbeln. Die salzige Luft tut ihr übriges und lässt in mir einen Heißhunger auf Krabben entstehen.

Ich schlendere also zu dem einzigen, geöffneten Restaurant, das man wohl auch als Kneipe mit Imbiss bezeichnen könnte. Es liegt im Hafen und ist stets Anlaufpunkt sowohl für die Urlauber als auch für die Einheimischen.

Ich wische mir vor der Tür den Sand von den Füßen und ziehe die Schuhe wieder an, bevor ich durch die schwere Tür den dunklen kleinen

Gastraum betrete. Er ist bereits wie immer gut gefüllt und verströmt einen Geruch von Bier mit frischem Fisch. Ich schaue hinüber zum Tresen, kann dort aber nicht entdecken, was ich suche. Oder besser gesagt wen ich suche.

Plötzlich legt sich ein Arm von hinten um meinen Bauch und ein Kopf in meinen Nacken und ich kreische erschrocken auf. Im gleichen Moment starren mich aus der hintersten Ecke des Raumes zwei wohlbekannte blaue Augen an.

„Ich hab' dich schon vermisst", raunt Daniel mir ins Ohr und ich fange erleichtert an zu lachen.

„Musst du mich immer so erschrecken?", frage ich zurück und nehme ihn in den Arm.

„Für dich nur das Beste. Schön, dass du wieder da bist", grinst er mich an. „Ich hab' leider keinen Tisch mehr frei, aber setz dich doch da hinten mit in die Ecke, da ist noch Platz. Ich bin gleich bei dir!"

Ich schaue in die Ecke und sehe die zwei blauen Augen immer noch auf mich gerichtet. Also dann, denke ich mir, atme einmal tief aus und gehe zu dem noch freien Platz. Die Augen bleiben an mir haften.

Am Tisch angekommen, frage ich höflich „Darf ich?" und ernte nur ein Nicken. Oder nein, da ist noch etwas. Ein Lächeln. Und mit ihm wieder dieses vertraute Gefühl. Na bitte, geht doch, denke ich mir und setze mich.

Bevor wir auch nur irgendetwas noch sagen können, ist Daniel wieder bei mir und sprudelt drauf los.

„Wie schön, dass du wieder da bist! Bist du echt allein hier? Und was willst du überhaupt essen? Das Übliche? Komm, lass dich nochmal drücken."

Der Jogger lässt seinen Blick zwischen uns schweifen und scheint interessiert auf meine Antworten zu warten.

„Find' ich auch, ja und ja" lauten diese.

Nun schmunzelt er und ich lächle zurück.

„Gut, kommt sofort", sagt Daniel und ist schon wieder verschwunden.

Ich würde nun gerne ein Gespräch mit dem Jogger anfangen, doch ich weiß einfach nicht, was ich sagen soll. Ich bin doch sonst nicht auf den Mund gefallen.

Aber Moment, wollte ich nicht eigentlich Gespräche erst einmal meiden? Nun gut, dann sitzen wir also einfach zusammen am Tisch und schweigen. Er könnte ja ruhig auch mal den Anfang machen.

Tut er aber nicht, er guckt nur. Und nun runzelt er schon wieder mit der Stirn. Und weg ist das vertraute Gefühl.

Er leert sein Glas, legt Geld auf den Tisch, nickt mir zu und verschwindet. Muss ich das verstehen? Egal, da kommt Daniel schon wieder mit meinem Essen, wie das duftet…

„Wo ist der denn so schnell hin?", fragt er und ich

zucke nur mit den Schultern. „Auch gut, dann kann ich mich wenigstens zu dir setzen."

„Hast du nichts zu tun?"

„Doch, aber für dich hab' ich immer Zeit", sagt er und grinst schon wieder.

Ich kann nicht anders und grinse zurück. Manches ändert sich nie.

„Jetzt erzähl mal, wie geht's dir?"

„Darf ich nicht erst essen, solange es noch warm ist? Erzähl du doch erst mal", sage ich.

„Auch wieder wahr", antwortet er und legt los. Auf seine Redseligkeit ist wirklich Verlass und so kann ich in Ruhe meine Krabben essen.

Während Daniel so redet und ich brav zuhöre, geht plötzlich die Tür zum Gastraum auf und der Jogger tritt wieder ein. Als er sieht, dass sein Platz bereits besetzt ist, setzt er sich an den Tresen, den Blick auf mich gerichtet.

„Kundschaft", sage ich zu meinem Tischnachbarn und deute zum Tresen hinüber.

„Na, den soll einer verstehen. Bin gleich wieder da."

Daniel geht zurück zum Tresen und bedient den Jogger. Kann er also doch sprechen, nur anscheinend nicht mit mir. Danach bedient er gleich noch zwei andere Gäste und kommt dann zurück an meinen

Tisch. Er ist anscheinend noch nicht alles los geworden, denn er plappert einfach munter weiter.

Ich höre mehr schlecht als recht zu und streue ab und an einen Kommentar ein, muss aber einfach immer wieder zu dem Jogger blicken. Er schaut mich noch immer so skeptisch an. Was will er denn eigentlich?

Daniels Redefluss kommt langsam zum Ende und bevor er mich im Gegenzug ausfragen kann, verabschiede ich mich lieber.

„Sei mir nicht böse, aber ich muss ins Bett. Die frische Seeluft macht mich fertig."

„Schade, aber wir können ja übermorgen zusammen was unternehmen? Da hab' ich frei, da schmeißt Mama den Laden."

„Ich melde mich bei dir, ja? Ich muss erst mal den Kopf frei kriegen und ein bisschen abschalten."

„Solange danach Platz für mich in deinem Köpfchen frei ist… Aber vergiss mich nicht, ja!"

„Wie könnte ich denn… Ach, verdammt, ich habe ja gar kein Geld dabei."

„Umso besser, dann musst du nochmal kommen und deine Schulden begleichen. Ich freu' mich drauf", grinst Daniel mich an und drückt mir einen Kuss auf die Wange. „Komm gut heim!"

„Danke. Gute Nacht!"

Ich spüre den Blick des Joggers im Nacken, drehe mich aber nicht noch einmal um.

Als ich die Tür nach draußen aufstoße, weht mir sofort ein frischer Wind um die Nase und ich schlinge meine Strickjacke fester um mich. Ich laufe die dunklen Straßen entlang, die von kleinen Laternen schwach beleuchtet werden. Der kleine Ort ist schon wie ausgestorben, als hätte man die Bürgersteige hochgeklappt, aber ich habe das Gefühl, dass da hinter mir noch jemand ist.

Ich blicke zurück und schaue direkt in zwei strahlend blaue Augen. Der Jogger. Folgt der mir etwa? Was soll denn das? Er scheint meine Angst zu spüren und hält an. Auch ich bleibe wie angewurzelt stehen und schaue zu ihm hinüber. Im Stillen frage ich mich, was er eigentlich von mir will. Er geht langsam aber zielstrebig über die Straße auf mich zu. Ich halte vor Anspannung die Luft an. Sollte ich vielleicht lieber wegrennen?

„Wenn ich du wäre, würde ich aber nicht alleine gehen." Seine tiefe Stimme haut mich um. „Ich begleite dich."

Na dann ist ja alles klar.

Ich zögere, doch da er seinen Weg fortsetzt, gehe ich einfach mit. Wir gehen schweigend nebeneinander her, bis wir Omas altes Steinhaus erreichen. Vor der Tür halte ich an. Und nun?

Ich weiß immer noch nicht, was er eigentlich genau will, geschweige denn, was ich will. War es da schlau, ihn bis zu unserem Haus zu bringen? Nun weiß er doch, wo ich wohne. Wo ich wohlgemerkt ganz alleine wohne.

Er sieht mir tief in die Augen und greift dann zögerlich nach meiner Hand. Sie ist groß und warm und kein bisschen rau. Er scheint sein Geld nicht mit handwerklichen Tätigkeiten zu verdienen.

Aber das ist nur eines der vielen Dinge, die ich nicht über ihn weiß, denke ich mir. Und doch halte ich seine Hand fest, es fühlt sich gut und richtig an. Wir schauen uns weiter in die Augen, doch dann durchbricht er unser Schweigen mit einem schlichten „Gute Nacht", lässt meine Hand los und geht den Weg wieder zurück. Ich sehe ihm nach und bin sprachlos. Plötzlich dreht er sich noch einmal um und sagt mit einem Grinsen im Gesicht: „Jetzt habe ich einen gut bei dir."

Ich komme langsam wieder zu Sinnen, renne ins Haus und schließe ab. Ich hocke mich hinter die Tür und versuche zu verstehen, was ich da gerade getan habe.

„Bist du denn völlig irre?!", schimpfe ich mit mir selbst.

Ich traue mich nicht, das Licht einzuschalten und komme mir vor, wie in einem schlechten Horrorfilm. So einem, bei dem man sich die ganze Zeit fragt, wie naiv die Hauptdarstellerin eigentlich sein kann. Der ja so unrealistisch ist, weil man sich doch niemals wirklich so verhalten würde.

Nun habe ich gerade den Gegenbeweis angetreten und bin nicht besonders stolz darauf. Im Gegenteil.

Ich schnappe mir mein Lieblingskissen vom Sofa und verkrieche mich damit angezogen in mein Bett. Dort harre ich aus und achte auf jedes noch so kleine Geräusch.

KAPITEL VIER

Containerschiffe

Geweckt werde ich von den hellen Sonnenstrahlen, die durch das Fenster in mein Zimmer fallen. Die Vorhänge habe ich natürlich auch vergessen zuzuziehen. Schlaftrunken stehe ich auf und schleiche mich zur Treppe. Ob die Tür noch abgeschlossen ist? Ist sie, also schlurfe ich weiter zur Küche.

Nun ist es aber auch mal gut, du Angsthase, schimpfe ich mit mir. Gestern einen fremden Mann bis nach Hause führen und sich heute nicht durchs eigene Haus trauen, was? Ich brauche jetzt erst einmal einen schönen starken Kaffee. Wenn ich den gestern auch aus dem Supermarkt mitgebracht hätte, wäre das durchaus nützlich gewesen. So ein Mist, dann muss es wohl erst einmal ein Glas Wasser tun.

Tut es aber nicht wirklich, deshalb schnappe ich mir schnell meine Jacke und mein Portemonnaie und mache mich auf den Weg zum Bäcker. Hunger habe ich keinen, das muss wohl noch an dem Schock über mein Verhalten gestern liegen, deshalb nehme ich mir nur einen großen Kaffee mit.

Ich schlage automatisch den Weg zu meinem Lieblingsplatz am Strand ein und mache es mir dort gemütlich, auch wenn es doch noch sehr frisch ist. Ich grübele weiter über den gestrigen Abend nach, bis ich eine Gestalt am Wasser entdecke. Einen Jogger, um genau zu sein. Das wird doch wohl nicht, versuche ich mich noch selber zu täuschen. Und doch, er ist es. Und nun? Noch kann ich flüchten… Aber wovor eigentlich? Wenn er mir was antun wollte, wäre wohl gestern Abend die bessere Möglichkeit gewesen.

Meine Güte, du bist erwachsen, denke ich mir, benimm dich auch so. Also beobachte ich ihn einfach. Er läuft zwar weiter am Wasser entlang, scheint aber mit seinem Blick die Dünen abzusuchen. Als sich unsere Blicke treffen, lächelt er und wirkt dabei irgendwie erleichtert und in mir macht sich sofort wieder dieses vertraute Gefühl breit. Er ändert nun seine Laufrichtung und schlägt den Weg zu mir ein. Er wird immer langsamer je näher er kommt, bis er schließlich ein paar Meter vor mir stehen bleibt.

„Guten Morgen."

Da ist sie wieder, diese tiefe Stimme. Ich bekomme als Antwort nur ein Lächeln zustande.

„Darf ich?", fragt er und deutet neben mich.

Ich nicke eifrig und komme mir dabei reichlich bescheuert vor. Da sitzen wir nun, schauen aufs Meer und schweigen uns an. Ich merke, wie er seinen Blick auf mich richtet und kann ihn schon beinah mit der Stirn runzeln hören. Irgendwann wird es mir zu bunt und ich schaue ihn genervt an.

Er wendet abrupt seinen Blick ab. Wir starren beide wieder aufs Meer und plötzlich höre ich mich sagen: „Wenn ich diese Containerschiffe hier vorbeifahren sehe, stelle ich mir immer vor, was die Menschen an Bord wohl für eine Geschichte haben. Wo sie herkommen, wo sie hinwollen und an wen oder was sie denken."

Stille.

„Die meisten Menschen denken doch nur an sich und ihren eigenen Vorteil", lautet seine Antwort.

„Und woran denkst du, wenn du mich so skeptisch anschaust?", schießt es viel zu schnell aus mir heraus und sorgt wieder für minutenlange Stille.

Dann schaut er mich an und ich spüre wie mir die Röte ins Gesicht steigt.

„Vergiss es", sage ich schnell und springe auf. „Ich... ich muss los. Tschüss."

Ich gehe die Dünen hinauf und spüre seinen Blick im Nacken. Prima gemacht, Charlotte. Nun hält er dich für völlig irre.

Den Rest des Tages verbringe ich lieber im Haus, nachdem ich mich auf dem Rückweg noch schnell mit genügend Lebensmitteln eingedeckt habe. Mir steht nicht der Sinn nach einer weiteren merkwürdigen Begegnung heute, mir schwirrt noch der Kopf von der letzten. Einen Vorteil hat das Ganze jedoch – ich denke deutlich weniger über die letzten Jahre nach.

Besser schlafen kann ich dadurch aber auch nicht und so wälze ich mich die Nacht über hin und her. Gegen Mitternacht gehe ich noch einmal nach unten, um mir ein Glas Wasser zu holen.

Der Mond scheint in das Wohnzimmer hinein und lockt mich ans Fenster, um mir den Sternenhimmel anzuschauen. Bei uns in der Stadt sieht man vor lauter Straßenlaternen leider kaum noch Sterne, doch hier bietet sich ein ganz anderer Anblick. Ich sehe einen Schatten auf der anderen Straßenseite vorbeihuschen und trete automatisch einen Schritt zurück hinter die Gardine. Warum, weiß ich eigentlich auch nicht so genau. Ich meine, es wird doch wohl niemand das Haus und somit mich beobachten. Oder doch? War das nicht ein Mann da eben? Vielleicht einer mit strahlend blauen Augen?

Nun ist es aber mal gut, schimpfe ich erneut mit mir selber und schlurfe wieder nach oben ins Bett. Langsam werde ich mir selber unheimlich.

KAPITEL FÜNF

Altbekanntes und Unbekanntes

Am nächsten Morgen frühstücke ich erst einmal in Ruhe und mache mich dann am späten Vormittag auf den Weg zu Daniel, um meine Schulden zu begleichen und unsere Verabredung einzuhalten, an die er mich gestern nochmal telefonisch erinnert hat. Ich freue mich auf den Tag, denn wir haben uns von jeher gut verstanden.

Früher haben wir immer am Strand zusammen gespielt und er ist so etwas wie ein Bruder für mich.

Ich gehe zur Kneipe und klingele an der Haustür nebenan, wo er noch immer mit seiner Mutter wohnt. Sein Vater ist verstorben, als er gerade 16 war und so hat er seine eigentlichen Pläne aufgegeben, ist bei seiner Mutter geblieben und führt mit ihr die Kneipe weiter. Ich weiß nicht, ob er es bereut und seinen früheren Plänen nachtrauert, denn das würde er sich nie anmerken lassen, um seine Mutter nicht zu verletzen.

Während meiner Zeit im Krankenhaus hat er mich immer wieder angerufen und ist auch ein paar Mal zu Besuch gekommen. Er hat mich mit seiner Art in den schwersten Phasen immer wieder aufgemuntert und dafür bin ich ihm unendlich dankbar.

Gerade will ich noch einmal klingeln, da höre ich, wie die Tür von innen aufgeschlossen wird. Ein ziemlich verschlafen aussehender Mann steht mir gegenüber, der aber sofort anfängt zu grinsen, als er mich erblickt.

„Lottchen! Du hast mich nicht vergessen!"

„Wie könnte ich denn…", sage ich und nehme ihn in den Arm.

„Komm rein, ich spring' nur noch schnell unter die Dusche und dann bin ich ganz für dich da", sagt er.

Ich gehe in die gemütliche kleine Küche mit der wuchtigen Eckbank und freue mich darüber, dass auch hier noch alles so aussieht wie früher. In diesem Ort scheint tatsächlich die Zeit stillzustehen.

Daniel kommt mit noch feuchten Haaren aus dem Bad und stellt die Kaffeemaschine an. Dann fängt er an den Tisch fürs Frühstück zu decken, doch ich bremse ihn mit den Worten: „Danke, ich habe schon was gegessen. Aber zu einem Kaffee würde ich nicht Nein sagen."

„Schade, aber dann musst du eben nachher richtig mit mir essen gehen", grinst er mich an.

Er ist ein wirklich hübscher Kerl geworden, fällt mir dabei auf, mit seinen wuscheligen blonden Haaren und den strahlenden blau-grauen Augen. Allerdings strahlen seine Augen nicht ganz so wie die von…

Er sieht mich fragend an und ich erschrecke über meine eigenen Gedanken.

„Wie bitte?", frage ich ihn.

„Ob du deinen Kaffee immer noch schwarz trinkst, wollte ich wissen."

„Ach so, natürlich", sage ich und lächle ihn an.

„Nun erzähl doch mal: Wie geht's dir und wie läuft's mit deinen Plänen? Und was passiert noch so alles da draußen in der großen Stadt?", will er von mir wissen und ich bringe ihn auf den neusten Stand.

Wir lachen viel und sind uns so vertraut wie eh und je. Ich genieße jede Minute und die Tatsache, dass mir jemand in aller Ruhe zuhört und sich für mich interessiert. Inzwischen ist er mit seinem Frühstück fertig und wir machen uns auf den Weg zum Strand.

Wir schlendern an der Wasserkante entlang und unterhalten uns weiterhin prächtig. Er legt freundschaftlich seinen Arm um meine Schulter und da sehe ich ihn auf uns zukommen, den Jogger. Ich merke wie seine blauen Augen uns fixieren und stelle fest, dass er tatsächlich noch fieser gucken kann als sonst schon. Daniel hat ihn inzwischen auch gesehen und ruft ihm ein freundliches „Guten Morgen!" zu, erntet aber nur ein kurzes Nicken, als er an uns vorbeiläuft.

„Den soll einer verstehen", sagt Daniel. „Sonst ist er doch immer so nett und höflich."

„Kennst du ihn schon länger?", frage ich und versuche möglichst nicht vor Neugier zu platzen.

„Nein, der ist auch erst seit ein paar Tagen da, hängt aber viel bei uns in der Kneipe herum."

Ich drehe mich kurz um, um noch einen Blick auf ihn zu erhaschen und sehe, dass er angehalten hat und nun Dehnübungen macht. Das macht er doch sonst nicht, denke ich mir.

„Was macht er sonst nicht? Kennst du ihn etwa?", fragt Daniel.

Oh, das habe ich wohl laut gedacht.

„Ähm… Dehnübungen meine ich. Und nein, kennen tue ich ihn auch nicht. Wir begegnen uns nur irgendwie andauernd."

„Na das ist in diesem Kaff hier ja auch nicht wirklich eine Leistung", entgegnet Daniel.

Nach dem Strand gehen wir noch eine Runde durch den Ort und Daniel zeigt mir, was sich in der Zwischenzeit hier alles getan hat. Das ist allerdings nicht besonders viel, wenn man vom neusten Klatsch und Tratsch einmal absieht. Am späten Nachmittag gehen wir zurück zu seiner Wohnung und während Daniel die Tür aufschließt, dreht er sich zu mir und sagt:

„Lottchen, bist du mir sehr böse, wenn wir doch nicht so ganz richtig essen gehen? Meine Mutter schmeißt den Laden heute zwar eigentlich allein, aber sie war nicht unbedingt die Fitteste in letzter Zeit. Ich würde gern nach ihr sehen und ihr zur Hand gehen. Außerdem will sie dich bestimmt auch gern wiedersehen."

„Kein Problem, dann essen wir eben bei euch was", antworte ich ihm und bin insgeheim ganz froh darüber. Vielleicht erhasche ich dann ja noch einmal einen Blick auf den Jogger... Meine Güte, Charlotte, der hat's dir aber angetan, denke ich im Stillen und folge Daniel in die Wohnung.

Vom Flur der Wohnung aus führt eine schwere Tür direkt in die Küche der Kneipe. Das ist in etwa so wie in einem Bauernhaus, in dem der Wohnraum unmittelbar an den Kuhstall grenzt. Nur, dass hier die Gerüche meist angenehmer sind. Auch heute werden wir direkt von einem angenehmen Essensduft begrüßt und mir knurrt augenblicklich der Magen. Das scheint noch lauter gewesen zu sein, als ich befürchtet hatte, denn plötzlich taucht ein Kopf hinter dem großen Regal an der Seite des Raumes auf.

„Aber hallo, wer hat denn da heute noch nichts gegessen?", fragt der Kopf.

Der Kopf gehört zum Koch der Kneipe, einem Mann namens Jan, den Daniel mir gerade als Neuzugang im Team vorstellt.

„Mama schafft das nicht mehr alles mit dem Kochen, dafür haben wir jetzt unseren Jan", erklärt Daniel mir.

Jan streckt mir die Hand entgegen und sagt:

„Freut mich. Soll ich dir gleich hier in der Küche was auftun oder schaffst du es noch bis in den Gastraum?"

Ich lächle und will gerade zu einem großartigen Konter ausholen, da schiebt Daniel mich schon weiter in den Gastraum und faselt etwas von „Charlotte verdient jawohl etwas Besseres als die Küche". Ich zucke entschuldigend mit den Schultern und der Koch zwinkert mir doch tatsächlich zu. In diesem Ort herrscht anscheinend akuter Frauenmangel.

Kaum habe ich den Gastraum betreten, stürmt auch schon Daniels Mutter auf mich zu und drückt mir beinah die Luft ab.

„Lottchen, wie schön! Wie geht's dir? Und der Oma?", fragt sie so euphorisch, dass ich nun alle Blicke auf mir spüre.

Und bilde ich mir das ein oder spüre ich da auch

einen ganz besonderen Blick? Ich schiele über ihre Schulter und entdecke ihn sofort am Tresen.

„Danke, uns geht's gut", antworte ich etwas wortkarg und lasse mich von Daniel weiter zu einem freien Tisch schieben.

„Setz dich, ich komme gleich wieder mit unserem Essen", sagt er und geht zurück zur Küche.

Daniels Mutter geht ebenfalls los und kümmert sich um unsere Getränke. Da sitze ich nun also und fange den Blick des Joggers ein. Diese strahlend blauen Augen… in mir fängt alles an zu kribbeln.

Daniel kommt zurück und stellt zwei herrlich duftende Teller auf den Tisch, beladen mit frischem Fisch, Gemüse und Bratkartoffeln. Nach einem kurzen „Guten Appetit!" stürzen wir uns aufs Essen, Seeluft macht eben hungrig. Zwischendurch schiele ich immer mal wieder zu dem Jogger, der sich angeregt mit Daniels Mutter unterhält.

Den Schnaps nach dem Essen lehne ich dankend ab und verabschiede mich von Daniel. Er will den Rest des Tages lieber seiner Mutter zur Hand gehen, auch wenn er es echt zu bedauern scheint, dass wir nicht den ganzen Tag miteinander verbringen. Und abends ist er schon mit dem neuen Koch zum Fußballgucken verabredet.

„Ich bin ja noch ein paar Tage hier", beruhige ich ihn.

„Dann vergiss mich nicht", sagt er und drückt mir einen Kuss auf die Wange.

Als ich wieder durch die Tür trete, hat sich der Himmel bedrohlich verfärbt und ich überlege kurz, ob ich den Fußweg nach Hause wagen oder doch lieber wieder reingehen soll. Da tritt plötzlich jemand hinter mir aus der Tür, stellt sich neben mich und sagt:

„An meine Schwester."

„Wie bitte?", gebe ich erschrocken zurück.

„Du wolltest doch wissen, woran ich denke."

Der Jogger schaut mich vollkommen ernst an und die Röte schießt mir ins Gesicht. Ich beiße mir auf die Zunge, doch dann kann ich nicht mehr anders:

„Und ich dachte immer, Männer vergleichen Frauen mit ihrer Mutter."

Da ist er wieder, der skeptische Blick. Prima, Charlotte.

Wir stehen noch eine Weile schweigend nebeneinander, bis ich mich doch dazu durchringe, nach Hause zu laufen. Und er läuft wie selbstverständlich mit. Hatten wir das nicht schon einmal?

„Was willst du eigentlich?", frage ich ihn.

Er bleibt abrupt stehen und schaut mich schon wieder so skeptisch an.

„Dass diesmal du mich begleitest", sagt er.

„Ähm… nein?", bringe ich entsetzt hervor.

„Doch, ich habe schließlich noch einen gut bei dir."

Ach, so läuft der Hase also.

„Ich möchte gerne mit dir reden."

„Ja, aber…"

„Außerdem schaffst du den Weg bis zu dir sowieso nicht, bevor es anfängt zu schütten", fällt er mir ins Wort und geht weiter.

Ich bleibe immer noch fassungslos stehen, bis ein lautes Donnergrollen auch mich zum Weitergehen bewegt. Mir schwirren tausend Gedanken durch den Kopf und ich zweifle wieder einmal an meinem Verstand. Während ich mich noch frage, wo er denn überhaupt wohnt, biegen wir schon in die Straße zum Campingplatz ein, als plötzlich ein sintflutartiger Platzregen beginnt. Die letzten Meter legen wir rennend über den Platz zurück und kommen trotzdem triefnass an einem kleinen Wohnmobil an. Er schließt auf und geht hinein, während ich noch etwas unschlüssig vor der Tür stehen bleibe.

„Ich habe gar nichts zum Umziehen mit", stelle ich scharfsinnig fest.

Er lächelt mich an und sagt: „Du bekommst was von mir."

Dann haben wir das also auch geklärt.

Er verschwindet kurz im hinteren Teil des Wohnmobils und kommt mit einem roten T-Shirt und einer Pyjamahose zurück. Dann zeigt er auf eine kleine Tür neben sich und sagt: „Da ist das Bad, da kannst du dich umziehen. Nimm dir einfach irgendein Handtuch."

Ich nehme ihm wortlos die Anziehsachen ab und verschwinde in dem winzigen Bad. Ich schließe hinter mir ab und setze mich erst einmal so wie ich bin auf den Toilettendeckel. Was zum Teufel tust du hier eigentlich, Charlotte? Du kennst ihn doch gar nicht, denke ich bei mir und seufze tief. Ich bin wohl einfach zu neugierig und vertraue deshalb blind auf das vertraute Gefühl, das mich in seiner Nähe überkommt. Meistens jedenfalls, wenn er mich nicht gerade wieder so skeptisch anschaut. Ist das nicht eigentlich typisch für Psychopathen?

„Alles in Ordnung da drin?", fragt er.

„Ich hab's gleich", rufe ich zurück, schnappe mir endlich ein Handtuch und fange an mich umzuziehen, was sich aufgrund des Platzmangels allerdings als äußerst schwierig erweist.

Ich streife mir sein T-Shirt über und ziehe mir den Ausschnitt gleich noch einmal ein bisschen über meine Nase. Ist das nun frisch gewaschen oder riecht er wirklich immer so gut? Ich löse mich schweren Herzens von dem Duft und beschließe der Sache später noch einmal auf den Grund zu gehen. Dann ziehe ich schnell die Pyjamahose über, nachdem ich zu meiner Erleichterung festgestellt habe, dass meine Unterhose tatsächlich als einziges trocken geblieben ist. Ein bisschen Glück muss man eben auch manchmal haben. Ich rubbele mir noch ein wenig die Haare trocken und trete dann endlich wieder aus diesem winzigen Raum hinaus.

Er steht an der Mini-Küchenzeile und hat sich offensichtlich auch schon umgezogen. Er mustert mich ausgiebig und fragt dann: „Rot?"

„Na das hast du doch rausgesucht", versuche ich mich zu erklären.

Er grinst mich breit an und sagt: „Ich meinte den Wein."

„Oh… ach so… ja", stammele ich und nehme vermutlich bereits dieselbe Farbe im Gesicht an.

Er holt zwei Weingläser und eine Flasche Rotwein hervor und stellt alles auf den Tisch der kleinen Sitzecke. Er bedeutet mir schon einmal Platz zu nehmen und ich gehorche. Der Regen prasselt noch immer unnachgiebig auf das Dach des Wohnmobils, ansonsten herrscht hier drinnen jedoch Totenstille. Er setzt sich mir gegenüber und wir schauen uns an. Wobei starren wohl das passendere Wort wäre… Ich bin froh, dieses vertraute Gefühl wieder in mir zu spüren, denn sonst wäre diese Situation wohl äußerst skurril gewesen. Na dann lass ihn doch mal den Anfang machen, er wollte schließlich reden, denke ich mir und übe mich in Geduld. Und ich kann sehr geduldig sein, wenn ich will – er allerdings anscheinend auch.

Ich weiß nicht, wie lange wir hier schon so sitzen, als es plötzlich an der Tür klopft. Es ist ihm deutlich anzusehen, was er von dieser Störung hält, mir gibt sie allerdings die Gelegenheit einmal tief durchzuatmen. Er öffnet die Tür und davor steht doch tatsächlich Daniels neuer Koch – na großartig.

„Hey! Sag mal, hast du Fernsehempfang? Ich will gleich noch mit einem Kumpel das Spiel gucken, aber bei mir kommt irgendwie gar nichts an", sagt er und will sich gerade an meinem Gastgeber vorbeischieben, als ich ihm ins Auge falle. „Ups, sorry, ich wollte nicht stören", grinst er mich an. „Aber hey – du bist doch die Kleine von Daniel, oder?"

Ich lächele etwas unbeholfen zurück und hebe kurz die Hand, als der Jogger sagt:

„Ich habe hier gar keinen Fernseher."

„Oh. Na dann nichts für ungut. Schönen Abend noch euch beiden!"

Und weg ist er wieder, mitsamt seinem süffisanten Lächeln. Zum Glück war das nicht Daniel, denke ich gerade noch, als mir plötzlich siedend heiß einfällt, mit wem der Koch heute Abend zum Fußballgucken verabredet ist. Verdammt, hoffentlich erzählt er ihm nicht, dass er mich hier gesehen hat, Daniel würde mich doch für völlig bescheuert erklären.

Während der Jogger uns nachschenkt, schaue ich mich ein wenig um und stelle fest, dass dieses Wohnmobil richtig gemütlich wirkt. Normalerweise ist mir die Enge in einem solchen Gefährt viel zu drückend, aber dieses hier sieht aus, als würde es wirklich geliebt werden. Als hätte sich jemand viel Mühe dabei gegeben, es gemütlich einzurichten. Es ist bunt, aber nicht zu bunt und überall hängen Fotos und Postkarten von wunderschönen Orten. Das ist ja genau wie bei Luisas Wohnmobil, das muss wohl so ein Camper-Fetisch sein, denke ich mir und muss schmunzeln. Das scheint dem Jogger nicht entgangen zu sein, denn er sagt nun: „Jetzt würde ich zu gerne wissen, was du gerade denkst."

„Gedankenlesen müsste man können, nicht wahr?", gebe ich zurück und proste ihm zu.

Er scheint seine Antwort gut abzuwägen, bevor er sagt: „Ich bin eigentlich ganz froh, dass du meine gerade nicht lesen kannst."

Ich trinke vorsichtshalber erst noch einen Schluck Wein, bevor ich ihn naiv frage: „Wieso denn?"

Er lässt sich wieder Zeit mit seiner Antwort und mir klopft vor Nervosität das Herz bis zum Hals. Es klopft immer lauter und schneller und vereint sich mit einem wilden Klopfen an der Tür des Wohnmobils. Er rollt mit den Augen und ist versucht das Klopfen zu ignorieren, doch inzwischen ist daraus ein regelrechtes Hämmern geworden. Er geht nun doch zur Tür, die im gleichen Moment aufgerissen wird und einen aufgebrachten Daniel auf der Bildfläche erscheinen lässt.

„Lottchen! Sag mal, was wird denn das hier?", fragt er und mustert mich von Kopf bis Fuß.

Ich will gar nicht wissen, was er sich hier gerade vor seinem inneren Auge zusammenreimt.

„Spinnst du? Ich denke, du kennst ihn gar nicht!"

Wo er recht hat…

Man sieht Daniel förmlich an, wie aufgebracht er ist, und das scheint auch mich endlich zur Besinnung zu bringen.

„Bringst du mich nach Hause?", höre ich mich fragen.

„Sehr gerne", sagt Daniel und wirft dem Jogger einen bösen Blick zu.

Ich schnappe mir schnell meine Sachen und verschwinde aus dem Wohnmobil. Jan steht grinsend da und fragt den Jogger:

„Hast du dann vielleicht Lust das Spiel mit mir zu gucken?" Doch der Jogger schließt wortlos die Tür und ich folge Daniel zu seinem Auto. Wir steigen ein, er fährt los und sagt die ganze Fahrt über kein Wort zu mir. An Omas Haus angekommen, fragt er dann aber doch: „Muss ich das verstehen, Lottchen?"

„Nein, ich versteh's ja selber nicht. Danke fürs Fahren." Ich steige aus und gehe ins Haus ohne mich noch einmal umzudrehen.

KAPITEL SECHS

Mein Neuanfang! Oder doch nicht?

Am nächsten Morgen werde ich von der Türklingel geweckt. Obwohl ich gestern Abend so aufgewühlt war, habe ich wohl tatsächlich geschlafen wie ein Stein. Ich wanke noch ein wenig verschlafen die Treppe herunter und öffne die Tür. Davor steht der Jogger mit einer Brötchentüte in der Hand.

„Guten Morgen. Ich habe gehofft, du hast Kaffee da."

Ich schaue ihn nur perplex an und kann nichts antworten. Er lächelt mich an und sagt: „Und eigentlich wollte ich auch meine Sachen wiederhaben, aber wenn du sie so gerne trägst..."

Ich schaue an mir herunter und laufe hochrot an. Verdammt, habe ich echt in den Sachen geschlafen? Ich komme jedoch gar nicht dazu, mich zu erklären, denn mein Handy durchbricht klingelnd die peinliche Stille. Ich gehe in den Flur, um nachzusehen, wer mich anruft, und er kommt einfach hinter mir her und schließt die Tür. Der Anrufer ist Daniel, wie passend. Er will wissen, ob wieder alles gut ist bei mir.

„Na klar", stammele ich und bedanke mich noch einmal artig bei ihm fürs Heimfahren. Er ringt mir das Versprechen ab, dass ich nie wieder so einen Mist mache. Er scheint sich echt Sorgen um mich zu machen, da erzähle ich ihm wohl besser nicht, dass ich so ähnlichen Mist auch schon vor ein paar Tagen gemacht habe und wer sich gerade selber den Weg in meine Küche erklärt hat und nun Kaffee kocht.

„Milch und Zucker?"

Ich schüttele nur den Kopf.

„Willst du erst was essen oder soll ich lieber gleich loslegen?"

„Loslegen?", frage ich entsetzt.

„Na ich bin dir doch mal wieder eine Antwort schuldig."

„Oh...", laufe ich hochrot an. Meine Güte, Charlotte, jetzt reiß dich doch mal zusammen. Der Typ will reden und woran denkst du?

Um nicht noch mit weiteren Äußerungen zu glänzen, beschäftige ich mich lieber damit, den Tisch zu decken. Zwei Teller, zwei Messer, die

Brötchentüte, Butter, Honig, Nutella, Zimt – mehr gibt mein Vorrat nicht her.

Wir setzen uns und er holt zwei Croissants aus der Brötchentüte. Ich schmiere mir Nutella auf das Croissant und streue etwas Zimt darauf. Spüre ich da nicht schon wieder diesen skeptischen Blick?

„Unglaublich…"

„Ja, ich weiß, das ist etwas ungewöhnlich, aber da habe ich neuerdings eben Appetit drauf."

„Ich sag's ja, du erinnerst mich an meine Schwester. Die macht das auch immer."

Na prima, das sind genau die Gefühle, die ich in ihm wecken wollte. Aber immerhin lächelt er jetzt wieder, das ist doch auch was wert. Oder nicht?

„Also, wegen meiner Antwort…"

„Ja?", falle ich ihm ins Wort.

Und dann spüre ich plötzlich seine Lippen auf meinen. Mit dem Loslegen lag ich wohl doch nicht so ganz falsch…

Ein ungewohntes Klingeln reißt mich aus meinen Träumen, dann höre ich, wie er telefoniert. Er steht aus dem Bett auf und sofort fehlt mir seine Wärme.

„Ich muss weg", haucht er in mein Ohr und küsst mich flüchtig auf die Wange.

Ich will ihm gerade eine Antwort geben, da höre ich ihn auch schon die Treppe herunterlaufen. Dass er kein Mann der großen Worte ist, wusste ich ja schon vorher. Wo er jetzt allerdings hin ist, nicht. Aber er wird schon wieder auftauchen, so wie sonst auch.

Ich ziehe mir einen Bademantel über und gehe ebenfalls nach unten, drehe erst einmal laut das Radio auf und tanze wie wild durchs Wohnzimmer. Ich kann mein Glück kaum fassen. Was ist das bloß mit uns? Fühlt sich so ein Neuanfang an? Wenn ja, dann gefällt er mir ganz gut.

Gegen Mittag gehe ich erst einmal los, um für Luisa eine Postkarte zu kaufen. Ich muss ihr einfach kurz von meinem Glück berichten.

Liebe Luisa,

nun schreibe ich Dir also tatsächlich eine Postkarte. Ich gebe zu, man erkennt daran nicht wirklich, wo ich bin, aber als ich dieses Motiv gesehen habe, musste ich einfach sofort an Dich denken. Mir geht es ganz wunderbar! Ich glaube, ich habe meinen Neuanfang gefunden...

Deine Charlotte

Auf der Vorderseite der Karte steht ihr Lebensmotto: „Man sitzt insgesamt viel zu wenig am Meer."

Nachdem ich die Karte in den Briefkasten gesteckt habe, gehe ich noch ein wenig am Strand spazieren. Der Wind weht mir durch die Haare und mein Kopf fühlt sich zum ersten Mal seit langer Zeit leer an - im positiven Sinne. Ich fühle mich frei und glücklich und würde das am liebsten jeder einzelnen Möwe erzählen, die mir auf meinem Weg begegnet. Zum Glück besinne ich mich aber doch noch eines Besseren und grinse nur dümmlich vor mich hin.

Ich lasse den Sand durch meine Finger rieseln und bin wie immer fasziniert davon, wie weich kleine Steinchen sich anfühlen können. Ich liebe auch dieses Knirschen, wenn man barfuß durch die zerstoßenen Muschelreste watet, die die Ebbe am Strand zurücklässt. Dieses leichte Pieken lässt mich spüren, wie lebendig ich bin, genau wie das Prickeln an den nackten Beinen, wenn der Wind den Sand aufwirbelt.

Als ich wieder im Haus ankomme, hängt noch immer sein Duft im Raum. Und auch der Frühstückstisch steht noch genauso da, wie wir ihn heute früh verlassen haben. Plötzlich klingelt es und ich renne zur Haustür. Mein Lächeln fällt jedoch in sich zusammen, als ich Daniel vor der Tür stehen sehe.

„Ach, du bist es nur", gebe ich wenig charmant von mir.

„Na schönen Dank auch", gibt Daniel beleidigt

zurück. „Wen hast du denn erwartet?"

„Komm doch erst mal rein", versuche ich die Frage zu umgehen und drücke ihn kurz.

„Ich wollte nur mal sehen, wie's dir so geht. Nach der Aktion gestern..."

„Jetzt traust du mir wohl gar nicht mehr, was?"

„So kenne ich dich halt nicht. Aber du scheinst dich in der Hinsicht doch sehr verändert zu haben", sagt er und deutet auf den Tisch.

Ich laufe rot an.

„Also, Lottchen, wirklich... Ich hol' dich da gestern raus und was machst du? Bestellst ihn dir ins Haus und verbringst die Nacht mit ihm."

„Stimmt doch gar nicht. Er war heute Nacht nicht hier."

„Aber zum Frühstück doch wohl, oder nicht?"

Ich seufze kurz auf und erzähle Daniel dann die ganze Geschichte, von unserer ersten Begegnung über unseren nächtlichen Spaziergang bis hin zu unserem Frühstück heute Morgen. Ich erzähle ihm, wie vertraut er mir ist, obwohl ich ihn gar nicht kenne. Dass es sich so anfühlt, als würden wir uns immer schon kennen. Und dass ich selber nicht verstehe, wo dieses Vertrauen herkommt.

Daniel fängt an zu grinsen. „Du bist verknallt, Lottchen, so sieht's aus."

Nun muss auch ich grinsen.

„Wo ist er denn jetzt eigentlich? Und wie heißt er

überhaupt?"

Zwei sehr gute Fragen. Auf die ich aber leider keine Antwort weiß. „Tja…"

„Jetzt sag nicht, du kennst noch nicht einmal seinen Namen. Was ist nur aus dir geworden, Lottchen… Du benimmst dich ja wie der schlimmste Weiberheld."

„Da hört man einmal auf sein Bauchgefühl…"

„War doch nur Spaß, ich gönn's dir ja irgendwie. Und ich bin echt froh, dich mal wieder glücklich zu sehen. Aber jetzt überlasse ich dich mal deinen Träumereien und gehe wieder arbeiten."

„Ich komme morgen wieder rum", verabschiede ich mich von ihm.

„Gerne. Einen schönen Abend wünsche ich euch!"

Den wünsche ich uns auch, dafür müsste er bloß erst einmal wiederkommen.

Ich mache es mir auf dem Sofa gemütlich und warte. Zwischendurch überlege ich kurz, ob ich nicht einfach mal zum Campingplatz gehe und ihn besuche. Aber dann verwerfe ich den Gedanken doch wieder, schließlich will ich ihn nicht bedrängen. Also warte ich einfach weiter.

Draußen wird es dunkel und mein Magen fängt an zu knurren. Ich beschließe mir nur ein Brot zu schmieren. Dann habe ich noch Platz im Bauch, wenn er wiederkommt und vielleicht noch was mit mir essen will. Wobei wir lieber auswärts essen gehen sollten, schließlich habe ich außer Brot mal wieder nichts da.

Aber er kommt auch nach dem zweiten und dem dritten Brot nicht und irgendwann schlafe ich einfach auf dem Sofa ein.

Den Morgen beginne ich mit einem Spaziergang am Strand, mit einem Kaffee vom Bäcker und der Hoffnung auf dem Weg einen Jogger zu treffen. Meinen Jogger. Ich setze mich an meine Lieblingsstelle in den Dünen und schaue aufs Meer.

Zwei Containerschiffe zeichnen sich am Horizont ab und ich stelle mir wieder die Menschen an Bord vor. Ob auf sie im Hafen auch jemand wartet? Oder vielleicht sogar in jedem Hafen? Gilt der Spruch über Seeleute eigentlich noch?

Ich hänge weiter meinen Gedanken nach und merke gar nicht, wie die Zeit vergeht. Als er am Mittag allerdings immer noch nirgends zu sehen ist, beschließe ich in der Kneipe vorbeizuschauen. Vielleicht ist er ja dort.

„Er ist weg", begrüßt Daniel mich, als ich den Gastraum betrete.

„Bitte was?"

„Sein Stellplatz ist leer, hat Jan mir gerade erzählt."

Na prima, Charlotte. Hast du ihn jetzt vollends vergrault? Nach Essen ist mir jetzt jedenfalls nicht mehr. Ich setze mich trotzdem an den Tisch in der Ecke, an dem ich ihm noch vor ein paar Tagen so wortlos gegenüber saß, und hänge meinen Gedanken nach. Daniel stellt mir ungefragt ein Glas Rotwein vor die Nase und ich merke, wie mir die Tränen in die Augen schießen. Hätte er nicht wenigstens Weißwein nehmen können? Daniel sieht mir natürlich sofort an was los ist und nimmt mich in den Arm.

„Ach Lottchen, so was hast du doch gar nicht nötig. Was willst du denn essen?"

„Nichts."

„Komm schon, du musst was essen. Ich hab' deiner Familie versprochen, auf dich aufzupassen. Und wenigstens mit dem Essen sollte ich das wohl hinbekommen."

„Mir ist aber der Appetit vergangen."

„Dann gehst du jetzt zu Jan in die Küche und holst dir welchen."

Und damit schiebt er mich in Richtung Küche, erklärt Jan kurz die Sachlage und verschwindet dann wieder hinter dem Tresen.

„Was darf's denn sein? Vielleicht Pfannkuchen?", fragt Jan.

„Von mir aus", gebe ich lustlos zurück.

„Begeisterung sieht ehrlich gesagt anders aus, aber du kennst meine Pfannkuchen ja auch noch nicht", strotzt Jan vor Selbstbewusstsein und zwinkert mir zu. Ich rolle als Antwort mit den Augen und setze mich auf die kleine Trittleiter in der Ecke.

„Daniel ist gestern ja fast ausgetickt, was ist denn da los bei euch?", fragt er mich plötzlich völlig unvermittelt.

„Was soll denn da los sein?"

„Na ich fänd's auch nicht gerade toll, meine Freundin im Schlafanzug bei einem Anderen vorzufinden."

„Also erstens bin ich nicht seine Freundin, jedenfalls nicht so, und zweitens war da gar nichts." Das kam erst später, füge ich im Stillen hinzu.

„Bist du nicht? Ach so, ich dachte, weil Daniel immer… Na geht mich ja auch nichts an. Und nun ist er ja auch weg, der komische Vogel."

Wer hier komisch ist, solltest vielleicht nicht unbedingt du beurteilen, denke ich mir.

„Ist er echt einfach so gefahren?"

„Er hat ja nicht mal mehr gegrüßt. Ist einfach eingestiegen und losgefahren. Und der hatte ein Tempo drauf, als ob er vor irgendwas flüchtet."

Hab' ich da gestern vielleicht was falsch verstanden? Da war doch was zwischen uns… Ein schrecklicher Verdacht macht sich in mir breit: Hat er vielleicht einfach bekommen, was er wollte, und ist nun weg? Meine Gedanken über die Seeleute und die Häfen von heute Morgen kommen mir wieder in den Sinn und ich spüre einen dicken Kloß im Hals.

„Bitte sehr, die Dame. Meine Pfannkuchen."

Jan reicht mir einen Teller und wartet gespannt auf meine Reaktion. Also schiebe ich mir notgedrungen ein Stück Pfannkuchen in den Mund und gebe ein bestätigendes Schmatzen von mir.

„Siehst du, ich hab's ja gesagt", strahlt er übers ganze Gesicht. „Jetzt fehlt nur noch ein Lächeln und dann würde ich dich glatt auch mal zu mir einladen."

„Danke, mir reichen fürs Erste die Pfannkuchen", entschuldige ich mich und verschwinde schnellstens mit dem Teller aus der Küche in den Gastraum.

„Na bitte, geht doch", empfängt mich Daniel mit einem Lächeln. „Wann fährst du denn eigentlich wieder?"

„Heute Abend", gebe ich traurig zurück.

„Ach schade, ich dachte erst morgen?"

„Es gab eine ungewollte Planänderung", antworte ich seufzend, nehme ihn in den Arm und verabschiede mich.

„Komm bald wieder, ja? Und vergiss mich nicht", sagt Daniel und drückt mich noch einmal fest an sich.

Bevor ich zurück zum Haus gehe, um zu packen, setze ich mich noch einmal an meine Lieblingsstelle vor den Dünen und schaue aufs Meer. Wenn ich jetzt einfach schreien würde, wie weit würde der Wind dann wohl meine Stimme tragen? Oder verschluckt er sie einfach auf dem Weg? Und schmecken meine Tränen am Meer eigentlich noch salziger?

Du wolltest an dich denken, Charlotte, nicht an jemand anderen, schimpfe ich mit mir selbst. Das war der Plan.

KAPITEL SIEBEN
Die Liste

Wieder zuhause angekommen, verstehe ich so langsam gar nichts mehr. Warum hat Luisa mir jetzt nicht zurückgeschrieben? Es ist doch nicht mehr lang hin bis zu unserem geplanten Treffen. Ich scheine zurzeit eine sehr abstoßende Art an mir zu haben.

Ich lese mir immer und immer wieder die Broschüre der Spendenorganisation durch, in der Hoffnung eine Antwort auf Luisas Schweigen zu finden. Dort steht, dass manche Spender einfach nicht wissen, wie sie mit dieser großen Dankbarkeit umgehen sollen und sich deshalb nicht treffen wollen. Aber zu einem Treffen hatte Luisa ja schon eingewilligt.

Ich durchforste auch die Homepage und stoße dabei auf die vielen Spender-Empfänger-Geschichten, die stets ein glückliches Ende nehmen. Bei ihren Treffen stellen sie oft Gemeinsamkeiten fest, die sich manchmal sogar erst seit der Spende ergeben haben. Das klingt doch sehr abenteuerlich. Ob es mir vielleicht genauso geht?

Ich frage mich, ob vielleicht meine neu gewonnene Motivation auch irgendwie noch anders mit meiner Lebensretterin zusammenhängt als bisher gedacht. Vielleicht hat sie mir ja tatsächlich nicht nur ihre Stammzellen sondern auch etwas von ihrer Lebensfreude übertragen.

Ich hoffe, dass auch Luisa und ich bald eine solche Geschichte beisteuern können, aber dazu müsste sie sich erst einmal wieder bei mir melden.

Ich krame mein Notizbuch hervor und mache mich daran, noch einmal die Liste mit meinen Zukunftsplänen zu überarbeiten:

○ meine Lebensretterin treffen – *in Arbeit*
○ mehr auf mein Bauchgefühl hören als auf meinen Verstand – *vielleicht doch keine gute Idee?*
○ ein Psychologie-Studium beginnen
○ mich verlieben
○ ein Blind Date haben – *mit Luisa*
○ am Meer sitzen – *regelmäßig!*
○ einen Berg besteigen

- einen Kaffee mit Blick auf den Eiffelturm trinken
- Snowboard fahren lernen
- die Welt bereisen
- *kochen lernen*

Auf mein Bauchgefühl habe ich in letzter Zeit viel zu oft gehört, daran sollte ich vielleicht noch arbeiten.

Den Punkt „mich verlieben" kann ich dafür abhaken, fürchte ich. Leider hatte ich nicht dazugeschrieben, dass diese Verliebtheit auch ein glückliches Ende nehmen sollte. Ich ändere den Punkt einfach zu „mich unglücklich verlieben" und schon kann wirklich ein Haken dahinter.

Ich beschließe als nächstes den Punkt mit dem Studium anzugehen, denn das scheint mir am erfolgversprechendsten zu sein. Der Berg und das Snowboard sollten vielleicht tatsächlich noch ein bisschen warten, bis gesundheitlich wirklich wieder alles im Lot ist, für eine Welt- oder auch nur Europareise fehlen mir noch die finanziellen Mittel und kochen lernen ist für mich wohl leider auch eher ein Großprojekt.

Für das Studium muss ich mich erst einmal nur einschreiben und dann bis zum Beginn des neuen Studienjahres warten, das bekomme ich hin.

Ich freue mich auf meinen Start an der Uni. Bestimmt werde ich dort ein paar Leute aus der Schule wiedertreffen, aber trotzdem fühlt es sich erst einmal wie ein kompletter Neuanfang an. Schließlich fange ich tatsächlich etwas Neues an, mit neuen Menschen an einem neuen Ort. Zwar immer noch in der gleichen Stadt, aber man muss es ja nicht gleich übertreiben. Obwohl…

„Meinst du, ich sollte wegziehen und einfach woanders studieren? Irgendwo, wo keiner mich und meine Geschichte kennt?"

„Es wird trotzdem immer deine Geschichte bleiben, Lottchen, egal wie weit du gehst. Und das ist doch auch irgendwie gut so, schließlich macht sie dich zu dem Menschen, der du nun mal bist."

Da hat er recht. Und eigentlich kann ich mich ja auch ganz gut leiden, meistens jedenfalls.

Meine Freunde aus Schulzeiten sind inzwischen in alle Richtungen verstreut. Der Einzige, der mir so geblieben ist wie immer schon, ist Daniel.

„Weißt du, was ich mich frage?"

„Nein, was denn?"

„Warum hat eigentlich immer ausgerechnet das, was man nicht sehen kann, solche Auswirkungen auf uns und unser Wohlbefinden? Die Liebe, der Hass, Stammzellen… alles so nicht sichtbar."

„Also Lottchen, manchmal glaube ich, du hast ein

paar Hirnwindungen zu viel abbekommen", gibt Daniel sichtlich amüsiert zurück.

Und um die alle bald gebührend nutzen zu können, lade ich mir die erforderlichen Unterlagen von der Uni-Homepage herunter und beginne damit sie auszufüllen.

KAPITEL ACHT

Ein Plan wird Realität

Die Unterlagen auszufüllen ging schneller als gedacht, also widme ich mich nun doch dem Großprojekt „Charlotte lernt kochen". Nur wie fange ich an?

Meine Mutter kann ich als Lehrmeisterin ausschließen, wir bekommen uns in solchen Fällen grundsätzlich in die Haare. Mein Vater kann Nudeln und Rührei kochen, soweit reicht mein Repertoire auch gerade noch. Aber es gibt doch Unmengen von Kochbüchern und Kochsendungen, vielleicht wäre das ein Anfang.

Ich mache mich also erneut auf den Weg in meine Lieblingsbuchhandlung, die mit den hübschen Notizbüchern, und versuche mir einen Überblick zu verschaffen. Die meisten Kochbücher behandeln unterschiedliche Ernährungsformen, absurde Diäten, regionale und landestypische Spezialitäten oder Fast bzw. Slow Food. Und es gibt tatsächlich ganze Abteilungen von Kochbüchern einzelner Köche, das scheint ein durchaus lukrativer Markt zu sein.

Ein Kochbuch sticht mir sofort durch seine ungewöhnliche Aufmachung ins Auge. Ich schlage es auf und traue meinen Augen kaum, als ich ein Bild des Autors entdecke. Er? Ein bekannter Fernsehkoch?

Irritiert und überfordert lasse ich erst einmal alle Bücher in der Buchhandlung zurück und beschließe mich zunächst im Internet schlau zu machen.

„Lottchen, hi! Schön, dass du auch mal wieder von dir hören lässt!", meldet Daniel sich am Telefon.

„Ist dir eigentlich klar, wen du da in deiner Küche stehen hast?"

„Ähm…"

„Hast du Jan schon mal gegoogelt?"

„Sollte ich?"

„Er ist ein bekannter Fernsehkoch! Wieso gebt ihr denn so viel Geld für einen Koch aus? So besonders waren seine Pfannkuchen nun auch wieder nicht."

„Bitte was? Der kriegt hier auch nur den üblichen Stundensatz. Also wirklich, Lottchen, keine Ahnung, wie du darauf kommst. Er hat zwar manchmal Star-Allüren, aber wenn er wirklich einer wäre, was wollte er denn dann hier bei uns?"

„Das fragst du ihn am besten selber mal."

Ich überfliege die vielen Artikel über Jan und stelle fest, dass ich ihn anscheinend vollkommen falsch eingeschätzt habe. Er hatte sogar eine eigene Fernsehsendung, bis er nach einem kleinen Skandal von der Bildfläche verschwunden ist.

Ich scheine darüber eingenickt zu sein, denn mein Handy weckt mich plötzlich unsanft und kündigt eine Nachricht von Unbekannt an.

Unbekannt: *Reife Leistung, Miss Marple, aber du kämpfst mit unfairen Waffen! Über dich steht rein gar nichts in diesem Internet...*

Miss Marple? Ein wenig charmanter Vergleich. Aber wo hat er eigentlich meine Nummer her?

Ich: *Ich habe dir weder den Krieg erklärt noch meine Nummer gegeben.*

Jan: *Du kennst eben noch immer nicht alle meine Talente. Wann holen wir das nach?*

Unfassbar dieser Kerl. Der kann mir ruhig mal was von seinem Selbstbewusstsein abgeben.

Ich: *Ist gerade ungünstig, ich muss kochen lernen.*

Noch während ich auf Senden drücke, wird mir mein Fehler bewusst.

Jan: *Was du nicht sagst...*

Ich lasse den Satz lieber so stehen und lege mich wirklich schlafen, bevor ich mich noch um Kopf und Kragen schreibe. Am nächsten Morgen bin ich erleichtert, dass ich nicht noch eine Nachricht von Jan bekommen habe. Auch wenn mir sein Selbstbewusstsein imponiert, schüchtert mich seine offensichtliche Bekanntheit doch ein wenig ein.

Ein paar Tage später werde ich wieder von meinem Handy geweckt, diesmal allerdings am frühen Morgen. Daniel ruft an.

„Sag mal, Lottchen, was habe ich eigentlich nun schon wieder verpasst? Warum fragt Jan mich nach Urlaub, um dir Kochunterricht zu geben?"

„Wie bitte?"

„Na ja, du bist alt genug und musst ja wissen, was du tust. Aber könntet ihr euch das nächstes Mal vielleicht früher überlegen und nicht von einem auf den anderen Tag?"

„Wir haben uns doch gar nichts überlegt!"

„Aber er ist doch schon auf dem Weg."

„Wohin?"

„Na zu dir."

„Was?"

„Er wollte gleich losfahren, damit er zum Mittag pünktlich bei dir ist."

„Das ist doch wohl jetzt ein Scherz."

„Hab' ich auch erst gedacht. Aber er schien es echt ernst zu meinen und da wollte ich ihn auch nicht verärgern, ich meine, wie kommen wir denn sonst nochmal an so einen berühmten Koch und da hab' ich ihm halt..."

„Schon klar, da hast du ihm halt einfach meine Adresse gegeben. Das kriegst du wieder, du Schuft."

„Ich hab' dich auch lieb, Lottchen. Bis bald und viel Spaß!"

Also gut, ich brauche einen Plan. Schließlich wohne ich noch bei meinen Eltern, somit fällt kochen bei mir also aus. Er muss ja nicht gleich in die Familie eingeführt werden, sonst verstehen meine Eltern das noch falsch. Und er garantiert auch.

Ich: *Du hast gewonnen. Bist du mit dem Wohnmobil unterwegs?*

Jan: *Na toll, ich wollte dich überraschen. Aber was hab' ich denn gewonnen? Dich?*

Ich: *Einen Meter Körpergröße, damit dein Ego auch Platz hat. Schreibst du etwa während der Fahrt? Hör auf damit, das ist gefährlich!*

Jan: *Schön, dass du dich um mich sorgst, aber ich mache gerade Pause. Und übrigens ja, ich bin natürlich mit dem Wohnmobil unterwegs.*

Ich: *Prima, dann kochen wir bei dir. Fahr zum Campingplatz in der Waldstraße und ruf mich an, ich komme dann zu dir.*

Jan: *Nette Idee, aber so läuft das nicht. Ich hole dich ab wie ein Gentleman.*

Guck an, er kann also auch anders. Vielleicht hätte ich nochmal nachfragen sollen, wo er denn gerade ist, dann müsste ich nicht die ganze Zeit vor dem Fenster stehen und nach ihm Ausschau halten.

Vergiss nicht, was dir beim letzten Mal passiert ist, als du dich mit einem Mann in sein Wohnmobil begeben hast, ermahne ich mich im Stillen.

Endlich hält ein Wohnmobil vor unserem Haus und ich verbanne den Gedanken schnell aus meinem Kopf. Ich schnappe mir in Windeseile meine Sachen, stürme die Treppe hinunter, rufe meinen Eltern im Vorbeigehen noch ein „Bis später!" zu und reiße schwungvoll die Tür auf.

„Du hast es aber eilig, ich wollte gerade klingeln."

„Hi! Los geht's, fahren wir", sage ich und schließe die Tür. Er grinst mich selbstsicher an und führt mich zum Wohnmobil.

„Der nächste Supermarkt ist gleich um die Ecke."

„Supermarkt? Ich hab' schon alles dabei, was wir brauchen", antwortet er irritiert.

„Na dann auf zum Campingplatz."

„Nö, ich hab' eine bessere Idee, lass dich überraschen."

Sich gerne überraschen lassen gehört nicht unbedingt zu meinen Stärken, aber gut. Ich lasse meinen Blick durch das Wohnmobil schweifen und stelle mit Erleichterung fest, dass es offensichtlich ein anderes Modell ist als das vom Jogger.

Er lenkt sein Wohnmobil mitten in die Innenstadt und hält dann vor einem kleinen schicken Restaurant.

„Ich dachte, wir kochen und gehen nicht essen."

„Machen wir ja auch, der Laden hat heute eh geschlossen."

„Und wie kommen wir dann da rein?"

„Mit einem Schlüssel? Du bist doch sonst nicht auf den Kopf gefallen."

„Und wo hast du den her? Doch nicht etwa geklaut?"

„Sag mal, was denkst du denn eigentlich von

mir?", gibt er wenig begeistert zurück.

„Ich dachte nur, wegen der Sache, die ich da gelesen habe..."

„Ja genau, und das Internet hat natürlich immer recht. Nun komm halt rein."

Oha, da scheine ich wohl einen wunden Punkt getroffen zu haben. Ich folge ihm durch die Tür und er schließt hinter mir wieder ab.

„Damit eins klar ist: Ich hab' zwar ein großes Ego, aber deshalb prallt nicht alles gleich einfach von mir ab. Entweder hörst du dir auch meine Version der Geschichte an oder wir vergessen das Ganze hier lieber gleich."

„Nichts da, ich muss doch kochen lernen!"

„Muss oder will?"

„Na ich will müssen… oder muss wollen… ach, bring's mir halt einfach bei." Er guckt mich fragend an. „Bitte!", bettele ich.

„Also gut, dann zieh dich aus und los geht's. Quatschen können wir nachher noch." Nun ist es an mir fragend zu gucken.

„Zieh die Jacke aus, meine ich. Für den Anfang zumindest." Und schlagartig ist sein Grinsen zurück. Nun muss auch ich lächeln. So gefällt er mir doch besser.

Die Küche ist ein Traum, selbst für mich als absoluten Laien. Alles glänzt und sieht edel aus und

Jan bewegt sich darin wie ein Meister seines Fachs. Aber das ist er ja schließlich auch, wird mir gerade wieder bewusst.

Er stellt die Zutaten auf der Arbeitsplatte ab und setzt dann zu einem Vortrag über die Welt des Kochens an:

„Also Charlotte, nun pass mal auf. Mit dem Kochen ist es wie mit der Mode: Es gibt nicht den einen Geschmack sondern viele verschiedene. Du kannst es sowieso nie allen recht machen, deshalb gilt der Grundsatz: Sobald es dir und mindestens einer weiteren Person schmeckt, kannst du kochen. Und dann ist es auch egal, was es nun eigentlich genau war. Kochen lernen heißt eigentlich nur zu lernen, wie man mit welcher Zutat umgehen kann. Sobald man das weiß, kann man unendlich kombinieren und dann gibt es auch kein Richtig oder Falsch mehr. Wenn für dich zwei Zutaten zusammenpassen, dann ist das so. Und wenn du etwas nicht magst, dann magst du es eben nicht, auch wenn es eine so genannte Delikatesse ist. Mach dich frei von dem, was andere dir sagen oder vorschreiben wollen. Hör einfach auf dich und deinen Bauch. Der Rest ist reine Übungssache."

„Auf meinen Bauch? Nein danke, das war in letzter Zeit sehr ungesund", falle ich ihm ins Wort und erinnere mich dabei schmerzlich an meine Erfahrungen mit einem gewissen Jogger.

„Natürlich solltest du dich gesund ernähren", versteht er mich glücklicherweise falsch, „aber die Lust darauf kommt ganz automatisch, wenn du dich mal mit all den herrlichen Zutaten auseinandersetzt. Geh mal satt über einen Wochenmarkt und schau, was dich anlacht. Das werden nicht die Imbiss-Stände mit dem Fast Food sein, denn du bist ja schon satt und musst es nicht mal eben schnell werden. Ich wette mit dir, es wird entweder ein dicker rotbäckiger Apfel oder ein knackig grüner Salat oder sowas sein."

„Hm", gebe ich noch etwas unschlüssig von mir.

„So und jetzt schnapp dir die Schürze und lass dich von den Zutaten inspirieren."

Leichter gesagt als getan. Also die Schürze bekomme ich natürlich schon umgebunden, aber was ich aus den ganzen Sachen da nun kochen soll, ist mir schleierhaft.

Sobald ich eine Zutat in die Hand nehme, erklärt Jan mir, was man alles daraus machen könnte. Bei seinen Erklärungen läuft mir bereits das Wasser im Mund zusammen und so entschließe ich mich doch recht schnell zu unserem heutigen Menü: Gnocchi mit selbstgemachtem Pesto, Ofengemüse und Zitronenhühnchen. Um den Nachtisch will Jan sich kümmern.

Ich gebe unter Jans Anleitung mein Bestes und merke dabei gar nicht, wie die Zeit verfliegt. Und plötzlich haben wir ein köstlich duftendes Essen vor uns stehen und beginnen genüsslich mit unserer Mahlzeit.

„Das hat tatsächlich Spaß gemacht", stelle ich fest und versuche verzweifelt, den letzten Rest der Mousse au Chocolat aus dem Glas zu kratzen.

„Ich weiß", grinst er mich an.

„Was weißt du eigentlich nicht?", gebe ich etwas entnervt zurück.

„Warum du immer so patzig zu mir bist zum Beispiel. Aber keine Sorge, ich mag das."

„Na da bin ich aber beruhigt. Wobei ich die Antwort ehrlich gesagt auch nicht kenne. Vielleicht ist das so eine Art Schutzhaltung von mir", gebe ich kleinlaut zu.

„Wegen dem Kerl, der so plötzlich abgehauen ist?" Als Antwort bekomme ich nur ein tiefes Seufzen hin.

„Das ist hart, wenn man sich so in einem Menschen täuscht, oder? Du öffnest dein Herz und zack…"

Spricht er da etwa von sich selbst? Die nachfolgende Stille ist unerträglich, deshalb muss ich es einfach versuchen:

„Wie lautet denn nun deine Version der Geschichte?"

Immer noch Stille. Doch plötzlich sprudelt alles aus ihm heraus und er hält den zweiten Monolog an diesem Tag, dem ich gebannt lausche.

Wie er sie damals über einen Freund kennengelernt und sich Hals über Kopf verliebt hat. Wie sie immer zusammen gekocht und gelacht haben und er sein Glück kaum fassen konnte. Dass sie laut der Presse das Traumpaar des Jahres waren und er vor Stolz beinah geplatzt wäre. Dass er sie dann in seine Kochsendung geholt hat, weil er allen zeigen wollte, was sie drauf hat. Wie sie selber immer bekannter wurde, nicht nur als seine Freundin, sondern eben auch wegen ihren Kochkünsten. Wie sie eines Tages plötzlich immer abweisender wurde und keine Zeit mehr für ihn hatte. Wie er um sie gekämpft hat, weil er sie nicht verlieren wollte. Wie sie ihm gedroht hat, dass er sie in Ruhe lassen solle, weil er einfach nicht mehr zu ihr passen würde. Wie er herausfand, dass sie einen Neuen hatte, den Fernsehproduzenten. Und wie er dann eines Morgens seinen Namen in der Zeitung fand, unter dem Titel „Er hat mir meinen Ruhm einfach nicht gegönnt und mir deshalb die Rezepte geklaut." Wie er anfangs noch alles für einen schlechten Scherz hielt. Und wie schnell man in so einer Situation merkt, wer die wahren Freunde sind.

„Und wie bist du dann bei Daniel gelandet?"

„Ich wollte einfach nur weg von dem ganzen Zirkus und den ständigen Heucheleien. Ich wollte endlich mal wieder was Bodenständiges kochen und nicht mehr diesen ganzen exquisiten Mist. Ich brauchte eine Auszeit und bin ans Meer runter gefahren. Und da saß ich dann bei Daniel am Tresen und habe mich so wohl gefühlt, wie lange nicht mehr. Als er gefragt hat, was ich beruflich mache, dachte ich, er nimmt mich auf den Arm. Aber als ich dann gemerkt habe, dass er echt keinen Plan hat, wer ich bin, war mir das noch sympathischer und ich habe ihm sofort meine Hilfe angeboten. Und so bin ich da hängengeblieben."

„Manchmal wohnt er echt hinterm Mond."

„Ach was, er kümmert sich nur einfach nicht um den Tratsch von Möchtegernpromis. Das ist ein großartiger Charakterzug, wenn du mich fragst."

„Und was ist mit dem Restaurant hier?"

„Das Restaurant hier sichert meine Existenz."

„In dieser Küche wird doch aber sicherlich nicht bodenständig gekocht, oder?"

„Nein, hier gibt es nur exquisites Essen."

„In diesen Mini-Portionen? Das habe ich noch nie verstanden."

„Wenn ich dir eine normal große Portion von diesen, na ja, sagen wir mal experimentellen Kreationen geben würde, würde das nicht nur deine Geschmacksnerven sondern vor allem auch deine Verdauung revolutionieren."

Einen Moment lang kehrt wieder Stille in unser Gespräch ein und wir hängen beide unseren ganz eigenen Gedanken nach.

„Am liebsten koche ich aber eh mit Kindern. Die fragen nicht dauernd, ob irgendwas zusammenpasst sondern machen einfach. Meistens schmeckt es dann sogar. Und wenn nicht, dann hat man wieder was dazugelernt."

„Du hast Kinder?"

„Ich habe Neffen."

Wieder so eine Seite an ihm, die ich noch nicht kannte. Und ihm auch ehrlich gesagt nicht zugetraut hätte.

„So wird das Ganze hier aber irgendwie auch nicht ausgewogener, um mal bei der Fachsprache zu bleiben. Ich habe dir Kochen beigebracht, mein Innerstes offenbart und weiß trotzdem immer noch kaum etwas von dir. Also Charlotte, nun bist du dran. Erzähl mir von dir und deinem Leben. Was hast du bislang so getrieben?"

Bevor ich ihm antworte, schenke ich uns lieber erst noch einmal nach, schließlich ist meine Geschichte kein Zuckerschlecken.

„So schlimm? Oder hast du noch was anderes mit mir vor? Keine Sorge, dazu wäre ich auch im nüchternen Zustand bereit", zwinkert er mir zu.

Mit einer Kurzfassung meiner letzten Jahre hole ich ihn jedoch schnell auf den Boden der Tatsachen zurück und im Anschluss schaut er ziemlich betreten drein.

„Wow, damit habe ich nun gar nicht gerechnet."

„Und schon habe ich mal wieder die ganze Stimmung kaputt gemacht... Ich bin echt eine Spaßbremse, entschuldige bitte."

„Hast du dich gerade für deine eigene Geschichte entschuldigt?", schnaubt er mich an. „Charlotte, mach dich nicht kleiner als du bist. Du bist eine tolle Frau, sonst würde ich dich wohl kaum pausenlos angraben."

Ich fühle mich ehrlich geschmeichelt und spüre die Röte auf meinen Wangen.

„Für eine Krankheit kann doch keiner was. Natürlich hinterlässt so etwas Spuren, aber so wie du ausschaust, kann das bei dir doch nur innerlich der Fall sein."

„Ach Jan, du bist ein elender Charmeur."

„Und wenn schon", grinst er mich an. „Auf den gelungenen Tag, Charlotte!"

Dem kann ich nur zustimmen. Der Tag war toll und deshalb stoße ich auch gerne mit ihm an.

„Sag mal, Lottchen, was ist denn das jetzt eigentlich mit dir und wohnmobilfahrenden Männern? Ein neuer Fetisch oder was?", will Daniel am nächsten Morgen wie immer telefonisch von mir wissen.

„Du glaubst gar nicht, wie ungeheuer praktisch so ein Wohnmobil ist. Man hat immer alles dabei, sein Bett zum Beispiel."

„Nee, oder? Du hast doch nicht etwa…?"

„Mensch Daniel, natürlich nicht. Jan hat im Wohnmobil geschlafen, ich war brav in meinem eigenen Bettchen."

„Na bei dir weiß man ja neuerdings nie."

„Schönen Dank auch."

„Und wie oft haltet ihr nun eure Kochkurse ab?"

„Gar nicht mehr. Ich war eine prima Schülerin und das, was ich jetzt weiß, reicht erst einmal für den Hausgebrauch."

Jetzt schicke ich ihm bloß noch Fotos von meinen Kreationen, füge ich im Stillen hinzu. Was mich ja irgendwie auch nicht besser macht als die Leute, die ihr Essen im Netz posten. Mist, das war so eigentlich auch nicht geplant.

„Sehr gut. Wobei auch irgendwie nicht, sonst wärst du ja vielleicht bald nochmal hergekommen", sagt Daniel.

KAPITEL NEUN
Alles anders als geplant

Ich durchwühle die tägliche Post nach den noch
fehlenden Uni-Unterlagen, als mir plötzlich ein Brief
von einer Frau Wagner ins Auge sticht.

Eine Antwort von Luisa, mache ich innerlich
Freudensprünge, stelle dann aber doch schnell fest,
dass dies nicht ihre Handschrift ist. Ungeduldig reiße
ich den Briefumschlag auf.

31. Juli

Sehr geehrte Frau May,

*mein Name ist Maria Wagner und ich bin die Mutter
von Luisa. Sie wundern sich sicher, warum dieses
Mal ich Ihnen schreibe. Es tut mir sehr leid, dass wir
sie so lange im Unklaren gelassen haben. Doch was
ich Ihnen nun mitteilen muss, fällt mir sehr schwer:*

Luisa ist bei einem Motorradunfall tödlich verunglückt. Wir haben immer versucht ihr das Motorradfahren auszureden, doch davon wollte sie nie etwas hören. Sie sagte immer, sie liebe eben das Leben und wolle es in vollen Zügen genießen. Wir können noch immer kaum begreifen, was passiert ist.

Es tut uns sehr leid, dass Sie beide sich nun nie persönlich begegnet sind. Nichtsdestotrotz würden wir Sie gerne kennenlernen und Ihnen zeigen, wer Luisa war.

Bitte geben Sie mir doch Bescheid, ob auch Sie uns kennenlernen möchten. Ich schlage dafür das letzte Wochenende im August vor.

Mit den besten Grüßen
Maria Wagner

Mir laufen die Tränen in Sturzbächen die Wangen herunter und ich kann nicht mehr klar denken. Den restlichen Tag verbringe ich wie in Schockstarre im Bett.

Am Abend rufe ich Daniel an.
„Hallo Lottchen!"
„Sie ist tot."

„Wer ist tot?"

„Meine Lebensretterin, einfach tot. Kannst du dir das vorstellen? Kommst du immer noch mit?"

„Ähm… was? Wohin?"

Ich erzähle Daniel noch einmal ganz ausführlich von dem Unglück und dass mich nun ihre Familie kennenlernen will. Daniel verspricht mitzukommen.

„Ach, und übrigens war der Typ nochmal hier."

„Und?"

„Nichts und. Ich hab' ihm gesagt, dass er verschwinden und die Finger von meiner Freundin lassen soll."

„Spinner."

„Na man wird doch wohl noch träumen dürfen."

Den Rest des Abends grübele ich darüber nach, warum ich leben darf und sie nicht. Ich frage mich, ob sie meine Postkarte wohl noch bekommen hat und von meinem Neuanfang wusste. Der ja allerdings nicht ganz so toll war wie ich damals noch dachte. Ich bin so stolz auf meine ganzen kleinen Fortschritte und hatte mich so gefreut, ihr davon zu berichten. Und nun? Ich fühle mich hilflos, zwar nicht auf die gleiche Art wie während meiner Krankheit, aber schöner macht es das auch nicht. Das ist doch nicht fair, dass jemand, der so etwas Gutes getan hat, einfach so von jetzt auf gleich gehen muss.

Und was wird die Familie wirklich von mir halten?

Verkraften sie es tatsächlich, dass ihre Tochter nun nicht mehr da ist und dafür aber jemand anders mit einem Teil von ihr weiterlebt? Wünschen sie sich vielleicht, dass es doch lieber mich anstatt sie getroffen hätte? Darüber darf ich gar nicht weiter nachdenken…

„Danach klingt der Brief aber gar nicht", versucht Daniel mich zu beruhigen, den ich mitten in der Nacht noch einmal anrufe.

„Aber irgendwie doch emotional kalt oder nicht?", gebe ich zurück.

„Na hör mal, wie würdest du denn einen Brief über deine verstorbene Tochter schreiben? Mit ein paar Witzchen zur Auflockerung?"

„Du hast ja recht."

„Ich glaube, du solltest ihnen einfach zeigen, was aus dir geworden ist. Was du inzwischen alles erreicht hast und was du für die Zukunft planst. Mich würde das an ihrer Stelle trösten, wenn ich das Gefühl hätte, dass ein Teil von ihr noch irgendwie weiterlebt."

KAPITEL ZEHN

Das Treffen

Und dann ist es endlich soweit. Daniel und ich treffen uns am Bahnhof und fahren zusammen zu Luisas Familie. Je näher wir unserem Ziel kommen desto nervöser werde ich.

Als wir auf den Bahnsteig treten und uns nach dem verabredeten Schild mit meinem Namen darauf umschauen, traue ich meinen Augen kaum.

„Ist das nicht...?", spricht Daniel meine Gedanken laut aus.

„Ja, ist er." Vermutlich war ausgerechnet er ihr Freund. Ganz großes Kino, Charlotte, seufze ich im Stillen. Ihre Beschreibung war wirklich sehr treffend, vor allem die der wahnsinnig schönen Augen.

Nun hat auch er uns entdeckt und das Erstaunen steht ihm förmlich ins Gesicht geschrieben. Dann weicht dieser Gesichtsausdruck doch tatsächlich einem breiten Grinsen.

„Hi! Mit dir habe ich ja inzwischen schon fast nicht mehr gerechnet."

„Wie bitte?"

„Ich hätte schwören können, dass er dir meine Nachricht nie gibt."

„Hab' ich auch nicht", mischt Daniel sich wenig begeistert ein. „Aber du hältst hier gerade ihren Namen hoch."

„Du bist Charlotte May?"

Ich nicke nur und verstehe gar nichts mehr.

„Ich fasse es nicht… das ist ja großartig", grinst er mich an.

Wie geschmacklos ist das denn bitte? Ich glaube, mir wird schlecht.

Wir gehen zu seinem Auto und ich nehme vorsichtshalber neben Daniel auf dem Rücksitz Platz. Während der Fahrt treffen sich unsere Blicke immer wieder im Rückspiegel, was ihn irgendwie glücklich zu machen scheint. Ich glaube dieser Kerl ist ein noch größerer Schwerenöter, als ich bisher gedacht habe.

„Daniel, von was für einer Nachricht hat er da eben gesprochen?", flüstere ich meinem Sitznachbarn zu.

„Ach verdammt, Lottchen. Du warst so traurig und ich wollte nicht, dass er dir nochmal weh tut. Hat ja bis eben auch prima funktioniert", grummelt er vor sich hin.

„Da sind wir schon", verkündet unser Fahrer.

Wir halten vor einem wunderschönen alten Haus, dessen Eingangstür von einer rosafarbenen Kletterrose umrankt wird. Während ich noch den Vorgarten bewundere, geht auch schon die Tür auf und heraus treten eine große schlanke Frau und ein etwas untersetzter Mann. Die Frau kommt lächelnd auf mich zu und sagt: „Herzlich Willkommen, Frau May. Ich bin Maria Wagner und das ist mein Mann Georg. Unseren Sohn haben Sie ja bereits kennengelernt."

Ich reiche beiden die Hand und es dauert einen Moment, bis mir die Bedeutung ihrer Worte bewusst wird. „Ihren Sohn?", frage ich erschrocken.

„Ja, Julius. Luisas echten Zwilling", antwortet Luisas Mutter mit einem Zwinkern.

Ich drehe mich zu ihm um und stelle fest, dass sein Grinsen noch breiter geworden ist.

„Ich bin übrigens Daniel Schefer, Charlottes Freund", stellt Daniel sich selbst vor.

„Auch Ihnen ein herzliches Willkommen! Nun kommen sie doch erst einmal rein, ich mache schnell noch den Kaffee fertig."

Wir betreten das Haus und während die anderen schon in das Wohnzimmer vorgehen, bleibe ich wie angewurzelt im Flur vor den Familienbildern an der Wand stehen. Dort ist sie, Luisa, und auch immer wieder er, der Jogger. Julius, wie ich nun weiß. Wie viele Zufälle braucht es eigentlich, bis daraus ein Schicksal wird?

„Was hast du denn gedacht, wer ich bin?", flüstert eine wohlbekannte tiefe Stimme in mein Ohr.

„Ihr Freund", antworte ich leise und laufe rot an.

„Ich hatte eigentlich gehofft, ich könnte diesen Part bei dir übernehmen."

„Und was spricht dagegen?", stammele ich.

„Der andere Typ, mit dem du hier bist und der mir gesagt hat, dass ich die Finger von dir lassen soll?"

„Seit wann lässt du dir denn was sagen?"

„Auch wieder wahr", gibt er zurück und zieht mich an sich.

„Charlotte? Julius? Kommt ihr dann auch?"

„Mütter", stöhnt Julius und führt mich ins Wohnzimmer. Seine Eltern und Daniel sitzen schon am Tisch, auf dem sich dicke Fotoalben stapeln. Daniel wirft mir einen fragenden Blick zu, als könnte nicht nur ich die Berührung von eben noch spüren sondern auch er. Ich fürchte, ich laufe schon wieder rot an.

„Setzen Sie sich, schauen Sie sich in Ruhe alles an und fragen Sie ruhig, was Sie wissen möchten. Wir sprechen gerne über unsere Luisa", ermutigt mich seine Mutter.

Und genau so verbringen wir auch die nächsten Stunden. Es ist schön, all die Geschichten zu den Bildern zu hören und Luisa damit etwas näher zu kommen. Auf fast allen Bildern strahlt sie und bringt so auch jeden Betrachter zum Lächeln. Wieder einmal wird mir bewusst, was für ein furchtbarer Verlust ihr Tod für ihre Familie bedeuten muss. Und sofort stellen sich wieder Schuldgefühle ein. Unruhig rutsche ich auf dem Stuhl hin und her, bis Herr Wagner seine Frau unterbricht: „Lass gut sein, Maria. Ich glaube, Charlotte braucht mal eine Verschnaufpause von den ganzen Anekdoten."

Dankbar lächele ich ihn an.

„Natürlich, Entschuldigung. Ich spreche wie gesagt gerne über meine Kinder. Kommen Sie, ich zeige Ihnen unsere Gästezimmer. Oder reicht eins?"

„Wir haben doch genug davon, sei nicht so knauserig, Mama", sagt Julius.

„Mir würde eins reichen, aber das muss wohl Charlotte entscheiden", meldet sich Daniel zu Wort.

„Ganz richtig", erwidert Julius und schaut mich erwartungsvoll an.

„Zwei Zimmer wären toll, danke", gebe ich zurück und schaue Daniel vorwurfsvoll an.

„Na dann kommen Sie mal mit", sagt Frau Wagner und wir folgen ihr die lange Treppe hinauf. Julius und sein Vater bleiben unten und räumen das Kaffeegeschirr in die Küche. Frau Wagner zeigt uns die Zimmer und geht dann ebenfalls wieder nach unten. „Damit Sie sich bis zum Abendessen noch etwas zurückziehen können" waren ihre Worte.

„Lottchen?", hält Daniel mich zurück, bevor ich in meinem Zimmer verschwinden kann.

„Ja?"

„Keine Sorge, ich mache ihn nur ein bisschen eifersüchtig. Der soll sich ruhig mal anstrengen, auch wenn er dich offensichtlich längst schon hat."

„Spinner", gebe ich zurück und bin nun doch erleichtert, dass Daniel mich anscheinend wirklich nicht so sieht, wie Jan angedeutet hat.

Bis zum Abendessen liege ich auf meinem Bett und starre Löcher in die Decke. Mir rasen tausend Gedanken durch den Kopf: Mögen sie mich wirklich? Oder wünschen sie insgeheim lieber mir den Tod? Wenn Luisa und Julius Zwillinge sind, wie viel Ähnlichkeit haben sie dann wirklich? Habe ich Luisa auf gewisse Weise also doch schon getroffen? Und wie soll Julius jemals damit klar kommen, dass ich einen Teil seiner toten Schwester in mir trage? Oder merkt er davon gar nichts?

Das hat er doch schon mehrfach im Urlaub getan, dämmert es mir. Kann es wirklich sein, dass sich solche Dinge wie Frühstücksvorlieben mit Stammzellen übertragen?

Es klopft an meiner Tür und Daniel steckt seinen Kopf herein. „Alles klar, Lottchen?"

Ich zucke mit den Schultern.

„Na komm mal her", sagt Daniel, setzt sich zu mir aufs Bett und nimmt mich den Arm. „Sie finden dich toll, Lottchen, mach dich nicht verrückt. Du kannst auch nichts dafür."

Wieso kann er eigentlich immer meine Gedanken lesen? Egal, ich bin ihm sehr dankbar dafür und drücke ihm deshalb einen Kuss auf die Wange. Und genau in diesem Augenblick spüre ich wieder einen vertrauten Blick auf mir. Einen nicht besonders begeisterten wohlgemerkt.

„Es gibt Essen", sagt Julius kurz angebunden und rührt sich nicht von der Stelle.

„Wir kommen gleich", gibt Daniel zurück.

„Es wird kalt", sagt Julius.

„Na dann verschieben wir den Rest wohl besser auf später", sagt Daniel und drückt mich noch einmal fest an sich.

Julius lässt uns den Vortritt und geht hinter mir aus dem Zimmer. Ich kann seinen Blick im Nacken spüren und ein Kribbeln breitet sich in meinem ganzen Körper aus.

Der Esstisch ist reich gedeckt und wir verbringen wieder eine schöne Zeit miteinander. Julius wirft Daniel und mir zwar immer wieder skeptische Blicke zu, aber die beiden ersparen mir weitere Wortgefechte. Ich fühle mich wohl bei den Wagners und sie geben sich alle Mühe, mir nicht zu nahe zu treten und dennoch alles von mir zu erfahren. Ich erzähle ihnen von meinen Zukunftsplänen und Luisas Anteil daran und sie scheinen sich wirklich für mich zu freuen. Bei diesem Teil des Gesprächs hört auch Julius ganz genau zu und fragt schließlich: „Und dein Freund hier spielt keine Rolle in deinen Zukunftsplänen?"

„Doch natürlich, Daniel wird immer eine große Rolle in meinem Leben spielen."

Das wollte er so anscheinend nicht hören, prima Charlotte, aber zumindest Daniel wirkt amüsiert.

„Darf ich Ihnen noch ein Bier oder ein Glas Wein anbieten?", fragt Herr Wagner nach dem Essen.

„Nein danke, ich glaube, wir gehen jetzt lieber ins Bett und machen es uns dort gemütlich, oder Lottchen? Es war doch ein langer Tag", antwortet Daniel.

Da ich nicht wirklich weiß, was ich dem entgegnen soll, stimme ich ihm zu und wir gehen nach einer kurzen Verabschiedung in unsere Zimmer.

„Jetzt hast du es aber übertrieben", murre ich Daniel entgegen.

„Lass mir doch auch mal meinen Spaß", gibt er zurück. „Außerdem war es wirklich ein langer Tag. Gute Nacht, Lottchen, und träum' schön – am liebsten von mir."

„Gute Nacht, du Spinner", gebe ich zurück und gehe etwas unschlüssig in mein Zimmer. Ob ich vielleicht doch einfach noch einmal runtergehen soll? Aber was sage ich dann? Und will ich überhaupt alle noch einmal sehen oder doch nur jemanden ganz Bestimmten?

Ein Klopfen an meiner Zimmertür reißt mich unsanft aus meinen Gedanken.

„Wenn du mich wach hältst, kann ich schlecht von dir träumen", gebe ich als Antwort, bevor ich zur Tür blicke.

„Wo du gerade von Träumen sprichst", sagt Julius und ich merke wieder einmal, wie sich meine Gesichtsfarbe ändert. „Ein paar Punkte sind von deiner Liste doch schon abgehakt, oder?" Er hält ganz offensichtlich einen meiner Briefe an Luisa in der Hand.

„Welche meinst du denn?"

„Na am Meer hast du doch jetzt schon oft gesessen."

„Stimmt."

„Ich hab' dir hier jedenfalls was mitgebracht", sagt er und holt ein Tablett aus dem Flur. Auf dem Tablett stehen zwei Tassen Kaffee und ein kleiner Eiffelturm aus Porzellan, daneben liegt ein Stapel Briefe. Meine Briefe an Luisa. „Ich wollte mich wenigstens um einen Punkt auf deiner Liste kümmern."

„Das ist dann jetzt aber schon der zweite Punkt", gebe ich schmunzelnd zurück.

„Ach ja? Welcher war denn der erste?"

„Mich unglücklich verlieben."

Er studiert noch einmal genauestens meinen Brief. „Von unglücklich steht hier aber nichts."

„Das war ja auch nicht mein Plan."

„Na meiner sicherlich auch nicht."

„Und wieso bist du dann einfach abgehauen?"

„Ist das dein Ernst? Überleg' mal, welcher Tag das war", sagt er sichtlich bedrückt und plötzlich dämmert es mir.

„An dem Tag ist sie verunglückt? Dann hat sie meine Postkarte ja nie bekommen!"

„Diese hier?", fragt er und zückt sie aus dem Stapel mit meinen Briefen. Ich nicke. „Dann bin ich der Neuanfang?"

„Das hatte ich gehofft."

Und endlich spüre ich wieder seine Lippen auf meinen.

KAPITEL ELF

Auf den Spuren von Luisa

Julius bleibt die ganze Nacht bei mir und schaut mich meist einfach nur an. In seinem Kopf scheint es zu rattern, vermutlich versucht auch er die Geschehnisse des Tages zu verarbeiten. Schließlich hat er heute genauso wenig mit mir gerechnet, wie ich mit ihm.

Am nächsten Morgen schleicht er sich früh aus meinem Zimmer. Wir wollen an diesem Tag alle zusammen einen Ausflug unternehmen, zu wichtigen Orten in Luisas Leben und auch zu ihrem Grab. Dass wir diesen Ausflug nicht als Paar unternehmen werden, versteht sich von selbst.

Denke ich zumindest, denn gesprochen haben wir darüber nicht.

„Guten Morgen, Lottchen", begrüßt Daniel mich mit einem Kuss auf die Wange. „Du siehst aber nicht aus, als hättest du besonders viel geschlafen." Er kennt mich eben gut.

„Guten Morgen, Daniel", sage ich und gebe ihm als weitere Antwort nur ein Grinsen.

„Aha. Dann hab' ich also doch richtig gehört."

„Was hast du gehört?", frage ich viel zu hektisch und laufe zudem auch noch rot an.

„Nichts", grinst er mich an, „aber jetzt weiß ich alles, was ich wissen wollte."

„Das war gemein", grummele ich vor mich hin, muss aber doch schmunzeln. Er kennt mich eben wirklich gut.

Wir gehen hinunter und finden Julius und seine Eltern am Frühstückstisch vor. Wie gerne würde ich jetzt zu ihm gehen und mir einen Kuss abholen, doch wir belassen es wortlos bei einem Lächeln. Alles andere käme mir auch äußerst unpassend vor gegenüber seinen Eltern.

Während des Frühstücks werfen wir uns immer wieder verstohlene Blicke zu, was glücklicherweise nur Daniel zu bemerken scheint. Als wir aufbrechen wollen, bin ich einen kurzen Moment mit Julius allein im Flur, doch auch jetzt gibt es leider keinen Kuss für mich. Nicht mal einen flüchtigen.

Julius setzt sich ans Steuer, sein Vater neben ihn. Ich sitze auf der Rückbank zwischen seiner Mutter und Daniel. Wie schon bei unserer letzten Autofahrt beobachtet Julius mich bei jeder Gelegenheit im Rückspiegel.

Unser erstes Ziel ist Luisas und Julius' Grundschule, Frau Wagner möchte anscheinend kein Detail auslassen. Ich höre ihr gerne zu, denn schließlich ist es nicht nur Luisas sondern immer auch Julius' Geschichte, die sie mir da erzählt.

Anschließend fahren wir weiter in die Innenstadt, wo wir bei einem weitläufigen Spaziergang unzählige Anekdoten aus Luisas Kindertagen hören. Die Sonne kommt heraus und veranlasst uns spontan zu einem Ausflug an den Badesee, den Luisa so gerne besucht hat.

Wir holen uns alle einen Kaffee in dem kleinen Lokal und ich steuere eine einsame Bank am Seeufer an. Daniel schafft es irgendwie die Wagners in ein Gespräch zu verwickeln und sie in eine andere Richtung zu lotsen. Julius folgt mir und setzt sich neben mich.

„Das ist irgendwie nicht das Gleiche wie das Meer", durchbricht er die Stille.

„Nein, dafür ist so ein See viel zu ruhig. Ich meine, Wasser ohne Wellen, das ist doch nichts."

„Aber wenn es glatt läuft, ist es doch gut."

„Zu glatt ist auch nichts. Dann läuft meist

irgendwas schief", sage ich und frage mich insgeheim, worüber wir uns eigentlich gerade genau unterhalten.

„Kennst du den Spruch, dass Gefühle wie Wellen sind? Das war auch so eine von Luisas Lebensweisheiten."

Ich schüttele den Kopf.

„Der geht ungefähr so: Gefühle sind wie Wellen. Du kannst sie nicht aufhalten, aber du kannst entscheiden, auf welcher du surfen willst."

„Und was ist, wenn die Welle stärker ist als ich?"

„Das versuche ich auch gerade herauszufinden."

Wir machen noch einen kurzen Abstecher zu der Uni, an der Luisa studiert hat, bevor wir dann schlussendlich zum Friedhof fahren. Mir wird ganz mulmig zumute, je näher wir ihrem Grabstein kommen. Ich werfe einen Blick auf die Wagners und stelle mir vor, dass das vor ein paar Jahren auch meine Familie hätte sein können - wenn Luisa nicht gewesen wäre.

„Das ist doch alles so falsch", flüstere ich Daniel zu und wische mir eine Träne von der Wange.

„Das ist nicht falsch, das ist das Leben, Lottchen", sagt Daniel und legt mir den Arm um die Schultern. Es tut gut ihn an meiner Seite zu haben.

Wir bleiben vor Luisas Grab stehen und schweigen. In Gedanken spreche ich mit ihr und stelle dabei fest, dass ich gar nicht weiß, wie ihre Stimme klang. Ich lege die Blumen, die wir in dem kleinen Laden am Friedhofseingang noch besorgt haben, auf ihrem Grab nieder und schaue zu Julius. Auch er schaut mich an und zwar wieder so skeptisch wie ganz zu Anfang.

An diesem Abend schleicht er sich nicht in mein Zimmer und ich liege noch lange wach und mache mir meine Gedanken darüber.

KAPITEL ZWÖLF

Zurück in alten Mustern

Am nächsten Morgen halte ich wieder einmal einen Brief in meinen Händen, dessen Inhalt ich kaum fassen kann. Es ist ein Brief von Julius, den ich heute früh neben meinem Kopfkissen gefunden habe. Und der dazu geführt hat, dass ich augenblicklich einen weiteren Punkt auf meine Liste gesetzt habe:

○ keine Briefe der Familie Wagner mehr erhalten

„So ein Mistkerl!", regt Daniel sich auf und läuft wütend im Zimmer auf und ab.

„Bitte Daniel, nicht so laut. Ich kann ihn doch auch irgendwie verstehen", versuche ich ihn zu besänftigen, damit nicht gleich das ganze Haus Bescheid weiß.

„Was kannst du? Also bitte Lottchen, das ist jetzt das zweite Mal, dass der Kerl dich einfach so sitzen lässt, und du hast auch noch Verständnis dafür?"

Ich antworte darauf nicht gleich, sondern wundere mich selber über meine Reaktion. Wieso bin ich eigentlich nicht völlig entsetzt und am Boden zerstört? Ich bin nicht mal richtig wütend. Ich kann ihn tatsächlich einfach verstehen.

„Vermutlich wäre ich bald zu dem gleichen Schluss gekommen."

„Wie meinst du das denn jetzt?"

„Damals, am Meer, da wusste ich ja gar nicht, wer er ist. Aber jetzt, wo ich es weiß, wird er mich immer an Luisa und ihr Schicksal erinnern. Das würde immer zwischen uns stehen und wäre auf Dauer sicher nicht besonders gesund für eine Beziehung."

„Hmpf", grummelt Daniel vor sich hin. „Ich bleib' dabei, er ist ein Mistkerl. Das hätte er dir schließlich auch anders mitteilen können als mit so einem blöden Brief."

„Er ist eben kein Mann der großen Worte, das stellen wir ja nun auch nicht zum ersten Mal fest."

„Ja und jetzt?"

„Jetzt gehen wir runter und frühstücken mit den Wagners. Und danach fahren wir heim."

In den nächsten Tagen hadere ich immer mehr mit mir und damit, wie das Umsetzen meiner Pläne bislang verlaufen ist. Irgendwie fühlt sich alles so falsch an.

Ich habe mich in die falsche Person verguckt – oder gebe ich etwa zu schnell auf? Hätten wir vielleicht doch eine Zukunft gehabt?

Ich male mir eine Zukunft mit ihm aus: Mit Haus, Hund und Kindern. Wie wäre das eigentlich mit Kindern? Gäbe es da irgendwelche Probleme wegen Luisas Stammzellen? Dürften wir überhaupt Kinder zusammen bekommen? Das steht doch gar nicht mehr zur Debatte, schelte ich mich selbst, er ist einfach der Falsche. Und ich bin außerdem vielleicht sogar unfruchtbar nach der Strahlentherapie.

Und wenn ich mal ganz genau in mich hineinhorche, habe ich vielleicht auch noch den falschen Studiengang gewählt.

Zu allem Überfluss bin ich gestern in der Uni auf einen Spendenaufruf gestoßen. Bei einer Studentin aus einem anderen Fachbereich wurde Blutkrebs diagnostiziert und sie sucht nun dringend einen Stammzellenspender. Sofort waren alle Bilder meiner Krankheitsgeschichte wieder da und versuchen mich seitdem wieder mit in die Tiefe zu reißen.

Ich stecke wieder in dem alten Gedankenkarussell fest: Was ist, wenn ich einen Rückfall erleide? Geht dann alles wieder von vorne los? Schaffe ich das noch einmal? Und meine Eltern, ertragen sie es noch einmal mich so zu sehen?

Inzwischen hat sich aber auch ein ganz neuer Gedanke dazugesellt: Wer könnte mir in diesem Falle eigentlich noch Stammzellen spenden, wo doch nun Luisa nicht mehr da ist? Julius etwa? Und wäre er überhaupt bereit dazu? Schließlich hat er geschrieben, er kann einfach nicht Teil meines Lebens sein.

„Und wenn ich ihn noch so sehr dafür verabscheue, wie er mit dir umgegangen ist, glaube ich nicht, dass er das damit meinte", versucht Daniel mich zu beruhigen.

„Wirklich nicht?"

„Ich kann dir das natürlich nicht versprechen, aber ich hoffe es für ihn."

Die Tage plätschern so vor sich hin und meine einzigen Lichtblicke scheinen die Telefonate mit Daniel zu sein. Und die gelegentlichen Nachrichten von Jan.

„Lottchen, bei mir bist du jederzeit herzlich willkommen. Das weißt du doch hoffentlich", sagt Daniel am Telefon.

„Ja, das weiß ich", antworte ich.

„Ich würde dich auch nie einfach sitzen lassen, so wie dieser blöde Mistkerl. Ich hätte dich einfach behalten, für immer."

„Ach Daniel", sage ich geschmeichelt. „Die Frau, die dich mal abkriegt, kann sich echt glücklich schätzen."

Meinen Eltern gehe ich größtenteils aus dem Weg, weil ich mit diesem Ur-Optimismus meines Vaters gerade gar nichts anfangen kann. Ich beneide ihn zwar irgendwie darum, dass er allem stets etwas Positives abgewinnen kann, aber manchmal möchte man sich ja auch einfach nur in Selbstmitleid baden.

Was ich allerdings festgestellt habe, ist, dass sich Kochen tatsächlich positiv auf meine derzeitige Laune auswirkt. Ich habe es selber nicht für möglich gehalten, aber ich finde, ich mache zumindest in dieser Hinsicht Fortschritte. Und schicke natürlich weiterhin stolz Fotos von meinen Kreationen an Jan.

Jan: *Also langsam fasse ich diese ganzen Fotos als Einladung zur Verkostung auf, das ist dir klar, oder?*

Ich: *Nee, eigentlich wollte ich mir bloß Komplimente abholen...*

Jan: *Ja, feines Mädchen! Gut hast du das gemacht!*

Ich: *Blödmann...*

KAPITEL DREIZEHN

Männerweisheiten

Ein paar Wochen später nehme ich mir ein paar Tage frei und fahre ans Meer. Zwar hat mein Studium gerade erst begonnen, aber wozu ist man schließlich Studentin, sage ich mir. Diesmal ist das Wetter bei der Anreise zum Glück deutlich freundlicher, was mich auf bessere Zeiten hoffen lässt.

Ich fahre gleich durch zu Daniels Kneipe, weil ich einfach eine Umarmung von ihm brauche. Eine von diesen Umarmungen, die mir in meinen schwersten Zeiten stets Kraft gegeben haben.

Begrüßt werde ich jedoch von der Selbstsicherheit in Person.

„Charlotte! Hat die Sehnsucht dich zu mir zurückgetrieben?"

„Hallo Jan", gebe ich etwas enttäuscht zurück.

„Wer hat denn da wieder schlechte Laune? Ich habe schon von deiner neuesten Männerbegegnung gehört… Pfannkuchen?"

„Na toll, hat Daniel wieder getratscht?"

„Hat er nicht, ehrlich. Aber nachdem er mit so einer Flappe von eurem kleinen Wochenendausflug zurückgekommen ist, habe ich ihm keine andere Wahl gelassen. Unser Freund Jim hier war außerdem so nett mir zu helfen", sagt er und zeigt auf eine Flasche hinter der Theke.

„Wo ist er denn überhaupt, der Verräter?"

„Hier ist er", meldet sich Daniel zu Wort. „Hallo Lottchen." Und endlich bekomme ich meine Umarmung.

„Wie war das jetzt mit Pfannkuchen?", wende ich mich wieder an Jan.

„Ich wusste doch, dass du wegen mir hier bist."

„Sicher. Aber eigentlich sollst du mir nur zeigen, wie du sie machst, damit du nicht noch einmal auf diesen Gedanken kommst."

„Habt ihr nur euren Spaß in der Küche, aber gebt mir wenigstens einen Pfannkuchen hinterher ab", verzieht sich Daniel leicht schmollend hinter die Theke.

„Wegen dir wird mir hier nochmal gekündigt", sagt Jan, als wir in die Küche kommen.

„Wieso? Ich wasche mir doch gleich noch die

Hände und die Haare habe ich auch schon hochgebunden. Ist doch alles hygienisch korrekt, oder nicht?"

„Ach Charlotte", lacht Jan und lässt mich mit einem großen Fragezeichen im Gesicht zurück.

„Bitte sehr, der Herr, Ihr Pfannkuchen", bringe ich Daniel seinen Teller zur Theke. Meinen eigenen habe ich auch mitgebracht und so setze ich mich auf einen der Barhocker, um mit ihm zusammen zu essen.

„Lottchen?"

„Hm?"

„Also weißt du, ich habe den Jan letztens gesehen...", fängt Daniel an zu stammeln.

„Ja und?"

„Am Strand. Mit so einer Frau."

„Ja und weiter?"

„Und zwei Kindern, also zwei Jungs. Die sahen ihm wie aus dem Gesicht geschnitten aus."

„Was genau willst du mir damit eigentlich sagen, Daniel?"

„Ich will einfach nicht, dass dir schon wieder so ein Kerl wehtut."

„Hast du ihn mal darauf angesprochen?"

„Nein. Bist du jetzt sauer auf mich? Es tut mir echt leid, aber ich will nicht, dass du dich da schon wieder in was verrennst."

„Vielleicht hättest du ihn einfach mal darauf

ansprechen sollen."

„Ja und dann?"

„Dann hätte er dir vermutlich genau wie mir erzählt, dass seine Schwester mit seinen beiden Neffen zu Besuch hier war."

„Oh... Na dann ist ja alles gut, oder?"

„Ja, das ist es", gebe ich zurück. Und wenn ich mich nicht irre, sieht Daniel irgendwie enttäuscht aus.

„Ich würde nach dem Essen gerne gleich nochmal zum Strand. Kann ich meine Tasche solange hier lassen?"

„Klar, Lottchen, das weißt du doch."

„Ich bringe sie dir nach Feierabend vorbei", mischt Jan sich plötzlich ein. Nun spricht Daniels Blick Bände.

Am Strand angekommen atme ich erst einmal tief durch und lasse das Rauschen der Wellen auf mich wirken. Ich schmecke die salzige Luft und sehe die Möwen über dem Meer kreisen. Am Horizont fahren zwei Containerschiffe genau aufeinander zu und ich beobachte einen Moment lang gebannt diese optische Täuschung. Manchmal scheint es ganz anders, als es tatsächlich ist, denke ich mir und habe dabei plötzlich ein Bild von den drei Männern in meinem derzeitigen Leben im Kopf.

Julius, der allem Anschein nach meine große Liebe

hätte werden können und nun doch keine tragende Rolle in meinem Leben spielt.

Jan, dessen Schein mich anfangs sehr getrügt hat und der nun eine viel bedeutendere Rolle in meinem Leben spielt, als ich ihm ursprünglich zugedacht habe.

Und Daniel... Ja, warum eigentlich Daniel? Ist mit ihm nicht eigentlich alles wie immer?

Ich schlendere langsam am Strand entlang, die Dünen hinauf und die Straßen hinunter bis zu Omas Ferienhaus. Ich schließe die Tür auf und wie immer fällt beim Hineingehen mein Blick auf das kleine Blechschild am Ende des Flurs: Willkommen zuhause.

Es ist schon längst dunkel, als Jan endlich klingelt. Er steht mit seinem selbstsicheren Grinsen vor der Tür und hält eine Flasche Wein hoch.

„Die wollte auch unbedingt mit", erklärt er mir.

„Na dann kommt mal rein, ihr drei", gebe ich schmunzelnd zurück.

„Drei? Oh Mist, die Tasche..."

Da hält auch schon Daniel vor der Tür, schiebt sich an Jan vorbei und überreicht mir meine Tasche. „Tut mir leid, Lottchen, früher hatte ich auch schon mal fähigere Mitarbeiter."

„Ich danke dir. Kommst du auch noch mit rein?"

Daniel wirft einen prüfenden Blick auf Jan und die Flasche Rotwein, bevor er sagt: „Ja, das wäre wohl besser."

Ich strecke ihm die Zunge heraus, freue mich insgeheim aber den Abend nicht nur mit Jan und seinem Ego verbringen zu müssen.

„Wie läuft es denn an der Uni eigentlich?", will Jan wissen, als wir es uns gerade auf dem Sofa gemütlich gemacht haben.

„Tja, wenn ich das mal so genau wüsste."

„Ist es doch der falsche Studiengang?"

„Nein, das nicht. Schließlich wollte ich das ja schon immer studieren."

„Aber?"

„Nichts aber. Es fühlt sich im Moment nur einfach noch nicht so gut an. Aber das wird schon noch kommen, es sind ja erst ein paar Wochen."

„Du weißt aber schon, dass man den Studiengang auch nochmal wechseln darf, wenn es doch nichts für einen ist? Und dass man auch einfach eine Ausbildung machen darf, wenn Studieren an sich nichts für einen ist?"

„Ich weiß, aber das Studium war eben schon lange geplant. Auch schon vor meiner Krankheit."

„Charlotte, ich verrate dir jetzt mal ein Geheimnis: Es gibt nicht nur den einen vorgegebenen Weg für dich und der Rest ist Schicksal, es gibt auch noch deine eigenen Entscheidungen. Das Leben ist nicht zum Festlegen da sondern zum Ausprobieren. Deshalb ist es auch in Ordnung mal nur auf seinen Bauch zu hören. Solange man den Verstand dabei nicht völlig ausschaltet, kann man im Notfall hinterher meist alles wieder richten."

„Da spricht die Erfahrung aus dir, was?", wirft Daniel spöttisch ein. „Aber ich muss dir tatsächlich recht geben. Halt nicht krampfhaft an irgendetwas fest, Lottchen. Pläne sind noch lange kein Garant dafür, dass alles auch genau so eintritt. Manche Pläne muss man auch einfach verwerfen, weil das Schicksal oder wer auch immer dazwischenfunkt. Mein Plan war zum Beispiel immer, dass mein Vater meine Kinder aufwachsen sieht."

Er senkt betreten den Kopf und ich spüre zum ersten Mal, wie nahe ihm das alles wohl doch noch geht. Davon hat er mir bisher noch nie erzählt, vielleicht kenne ich ihn doch nicht so in- und auswendig, wie ich bisher dachte.

„Auf euch und eure weisen Worte", erhebe ich mein Glas.

„Auf dich und dein Leben", sagt Daniel.

KAPITEL VIERZEHN

Der beste Freund

Der Abend gestern war großartig. Die Jungs und ich haben noch viel gelacht, über Anekdoten aus Daniels und meiner Kindheit einerseits und über das Geschehen in den Küchen dieser Welt andererseits.

Ich breche zu meinem typischen morgendlichen Strandspaziergang auf und hole mir auf dem Weg den typischen schwarzen Kaffee vom Bäcker. Heute weht ein rauer Wind, der mich allerdings nicht davon abhält, an meinem Lieblingsplatz Halt zu machen.

Jans und Daniels Worte schwirren mir noch immer durch den Kopf. Kann ich wirklich meine Pläne schon wieder ändern? Wozu mache ich denn dann überhaupt welche? Andererseits weiß ich nur zu gut, dass stets etwas Unvorhergesehenes meine Pläne durchkreuzen und regelrecht durcheinanderwirbeln kann, warum sollten das dann nicht auch meine eigenen Entscheidungen tun können?

Ich brauche meine Pläne, um irgendwie Struktur in all die Möglichkeiten zu bringen, die sich mir nach der Krankheit auf einmal bieten. Eine Zeit lang war mein Leben sehr beschränkt in seinen Möglichkeiten und nun werde ich von ihnen beinah erschlagen. Doch vor lauter Plänen darf man eben auch nicht vergessen zu leben.

Als ich wieder zum Haus zurückkomme, finde ich eine Nachricht von Daniel auf meinem Handy.

Daniel: *Man muss bereit sein, sich von dem Leben zu lösen, das man geplant hat, damit man das Leben findet, das auf einen wartet.*

Ein Schmunzeln schleicht sich in mein Gesicht, weil er wieder einmal genau die richtigen Worte findet.

Wie damals im Krankenhaus, als er für meinen ersten Lachkrampf seit der Diagnose gesorgt hat, und zwar mit den folgenden Worten: *„Das Leben verlangt von uns oft, dass wir Dinge wegstecken, für die wir gar keine Taschen haben."* Er hat eben auch eine Schwäche für Lebensweisheiten, genau wie Luisa.

Ich: *Und was wartet da wohl auf mich?*

Daniel: *Zurzeit ein Frühstück mit einem charmanten jungen Mann zum Beispiel.*

Ich: *Bin gleich da!*

Diesmal muss ich nicht vor der Tür warten, denn sie ist nur angelehnt. Ich rufe ein fröhliches Hallo in die Wohnung, lege meine Jacke ab und gehe in die Küche. Der Tisch ist reichlich gedeckt, es riecht nach frisch gebrühtem Kaffee und süßen Brötchen und am Tischende sitzt tatsächlich Daniel. Er hält die Kaffeekanne in der Hand und fragt:

„Schwarz wie immer?"

„Spinner", gebe ich lachend zurück und nehme ihn zur Begrüßung in den Arm.

„Hast du schon Pläne für heute?"

„Nein. Ich dachte, ich versuche es heute mal wieder mit Planlosigkeit."

„Klingt super. Ich muss leider arbeiten, sonst würde ich dir gerne dabei helfen."

„Du hast mir schon so oft geholfen. Vielleicht sollte ich zur Abwechslung heute einfach mal dir helfen. Darf ich?"

„Was ist denn das für eine Frage? Gerne doch!", strahlt er.

Er hat wirklich ein schönes Lächeln.

Bevor wir mit der Arbeit anfangen, machen wir noch einmal einen Strandspaziergang. Wir ziehen unsere Schuhe aus und schlendern an der Wasserkante entlang. Ich beneide Daniel dafür, dass er jeden Morgen so in den Tag starten kann. Dass er in die Ferne schauen kann, während ich nur die graue Fassade des Nachbarhauses sehe.

„Ich dachte, du bist ein Stadtmensch und liebst die unendlichen Möglichkeiten, die sich dir da bieten. Hier kannst du eben nicht einfach so shoppen oder ins Kino gehen", sagt Daniel.

„Ja, aber mal ehrlich, wie oft mache ich das denn wirklich?"

„Keine Ahnung. Nicht so oft?"

„Fehlt dir sowas denn nicht?"

„Ich hatte das ja nie. Aber nein, es fehlt mir auch nicht."

„Fehlt dir sonst was?"

Daniel bleibt stehen und sieht mich an. „Was ist das denn jetzt für eine Frage?"

„Na fehlt dir was, was es sonst nur in der Stadt gibt?"

„Schon."

„Was denn?"

Eine Weile sagt er gar nichts, dann dreht er sich zum Meer und antwortet: „Nein, eigentlich ist gerade alles hier, was ich brauche."

Den Rest des Weges legen wir wortlos zurück.

In der Kneipe angekommen, machen wir uns gleich an die Arbeit. Daniel im Gastraum, ich bei Jan in der Küche.

„Hast du das Gefühl, das Daniel hier was fehlt?", frage ich Jan.

„Sicher."

„Was denn?"

„Na eine Frau natürlich."

„Davon hat er vorhin gar nicht gesprochen."

Jan schaut mich mit hochgezogenen Augenbrauen an. „Du willst es nicht sehen, oder?"

„Was will ich nicht sehen?"

„Was will sie nicht sehen?", stößt Daniel plötzlich zu uns.

„Dich."

„Ihn?"

„Mich?"

„Warum sollte ich ihn nicht sehen wollen?"

„Ihr seid echt speziell", lacht Jan und geht aus der Küche.

„Lottchen? Was war das denn jetzt? Warum willst du mich nicht sehen?"

„Darum ging es doch gerade gar nicht."

„Worum denn dann?"

„Darum, dass du eine Frau brauchst."

„Brauche ich das?"

„Hat Jan gesagt. Und ich glaube, er hat recht."

„Hat er das?"

„Du bist so ein toller Kerl, du hättest es echt verdient. Ich verstehe ehrlich gesagt gar nicht, warum du nicht längst in festen Händen bist."

„Verstehst du nicht?"

„Nein."

„Was versteht sie nicht?", mischt Jan sich wieder ins Gespräch ein.

„Warum ich nicht in festen Händen bin", erwidert Daniel.

Wieder lacht Jan laut auf.

„Mach dich ruhig lustig. Die kleine Charlotte versteht noch nichts von der großen weiten Welt, schon klar", gebe ich wütend zurück. Ich schnappe mir meine Jacke und gehe zur Tür. „Ich muss mal kurz raus hier."

Ich laufe wieder in Richtung Strand, stapfe durch den Sand und schieße ihn wutentbrannt in die Luft. Ich komme an meiner Lieblingsstelle an, setze mich und lasse meinen Blick über den Horizont streifen. Langsam beruhige ich mich wieder und frage mich, was genau mich jetzt eigentlich so wütend gemacht hat.

Jan. Mit seiner selbstgefälligen Art. Oder doch Daniel? Der einfach nicht verstehen will, dass er ein toller Mann ist. Und der einfach immer für mich da ist.

„Darf ich?", fragt er prompt.

Ich nicke stumm. Schon wieder ist er da für mich.

„Ich bin nicht in festen Händen, weil du es auch nicht bist."

Ich bleibe immer noch still.

„Lottchen?"

„Hm?"

„Hast du mich verstanden?"

„Ich glaube nicht."

Nun ist auch er still.

„Ach Lottchen, ich mag dich einfach ein bisschen mehr als ursprünglich geplant."

„Wie viel mehr?", frage ich.

„So viel mehr", sagt er und küsst mich.

Und es fühlt sich falsch an. Verdammt falsch. Ich drücke ihn von mir weg und schaue beschämt auf meine Füße. Ich weiß nicht, was ich nun sagen soll. Ich mag ihn ja wirklich auch sehr, aber doch nicht so.

„Das war wohl nichts", sagt Daniel.

Ich schüttele den Kopf und schaue immer noch auf meine Füße. Daniel steht auf und geht.

Ich bleibe noch eine ganze Weile am Strand sitzen und versuche zu verstehen, was da gerade passiert ist. Seit wann hegt er denn solche Gefühle für mich? War ich echt so blind? Und wie kann ich ihm so weh tun, nach allem, was er für mich getan hat?

Ich gehe zurück zu Omas Ferienhaus und fühle

mich wie eine Verräterin. Als hätte ich Daniel ausgenutzt, dabei habe ich streng genommen ja gar nichts gemacht. Mir laufen die Tränen die Wangen herunter und diesmal ist Daniel nicht für mich da.

KAPITEL FÜNFZEHN
Gewissensbisse

Am Abend erreicht mich eine Nachricht von Jan:

Jan: *Alles gut? Ich war vorhin eigentlich noch nicht fertig mit dir.*

Ich: *Nichts ist gut. Ich bin so blöd...*

Jan: *Du bist nicht blöd, nur blind.*

Ich: *Schönen Dank auch. Wie geht's Daniel?*

Jan: *Willst du eine ehrliche Antwort oder nur dein Gewissen beruhigen?*

Gute Frage. Wie kann es eigentlich sein, dass Jan das schon immer hat kommen sehen und ich aber nicht?

Das muss wohl so ein Männerding sein.

„Oder Daniel hat einfach mit ihm darüber gesprochen, du Schlaumeier", tadele ich mich selbst.

Ich bleibe Jan eine Antwort schuldig und lese erst am nächsten Morgen, was er mir zu späterer Stunde noch geschrieben hat:

Jan: *Daniel geht es natürlich schlecht, aber du hast das Richtige getan. Du warst ehrlich und glaub' mir, das ist schlussendlich das Wichtigste.*

Er hat recht. Was ich gesagt habe, war einzig und allein die Wahrheit. Ich empfinde eben solche Gefühle nicht für Daniel und da lässt sich auch nichts dran rütteln.

Ich: *Danke.*

Jan: *Wofür?*

Ich: *Für deine Ehrlichkeit.*

Auch wenn ich mir nun im Klaren darüber bin, dass ich nichts Unrechtes getan habe, weiß ich trotzdem nicht, wohin mit mir. Zu Daniel in die Kneipe kann und will ich nicht, dafür ist mir die Sache noch zu frisch. Und außerdem will ich ihm nicht noch mehr weh tun. Vielleicht sollte ich abreisen und erst wiederkommen, wenn Gras über die ganze Sache gewachsen ist.

Also fange ich an zu packen und gehe noch einmal zum Strand, um mich vom Meer zu verabschieden. Heute ist das Meer aufgewühlt, am Strand fliegen überall diese Schaumwölkchen herum, die zuvor noch auf den Wellen getanzt sind. Als hätte jemand ein Schaumbad im Meer genommen.

Auch die nasse Kante, die am Strand immer anzeigt, wie weit die Flut angestiegen ist, ist heute deutlich höher als in den letzten Tagen. Es scheint ein Traumwetter für die vielen Kitesurfer zu sein, die sich im Wasser tummeln. Bunte Punkte, die sich deutlich von dem ansonsten herrschenden Grau abzeichnen. Sie fordern den Wind und die Wellen geradezu heraus, was ihnen einen großen Kick zu verschaffen scheint. Mir verhilft es nur zu einem mulmigen Gefühl, denn ich lege mich nur ungern mit Naturgewalten an. Aber ich bin generell ein eher harmonischer Mensch und lege mich mit niemandem gerne an.

Und deshalb steige ich auch noch am selben Tag in den Zug und mache mich auf den Weg nach Hause.

Am nächsten Morgen weckt mich mein Telefon.

„Daniel?"

„Hallo Lottchen. Einfach abhauen ist aber auch

nicht gerade die feine Art."

„Entschuldigung."

Stille.

„Das tut mir alles so leid."

Am anderen Ende der Leitung herrscht weiter eine bedrückende Stille.

„Ich habe es echt nicht kommen sehen."

„Ich ja auch nicht", bricht Daniel endlich sein Schweigen. „Aber plötzlich war es irgendwie da."

„Und nun?"

„Tja…"

„Wie mache ich das jetzt wieder gut?"

Daniel scheint nur einen kurzen Moment lang zu überlegen. „Indem du in den Semesterferien herkommst."

„Ich glaube nicht, dass das eine gute Idee ist…"

„Doch. Du kommst her und dann schmeißt du den Laden für mich. Und ich kümmere mich in der Zeit endlich mal um meine eigenen Pläne."

„Deine eigenen Pläne?"

„Ja, stell dir vor, ich habe auch welche", entgegnet Daniel trotzig.

„Prima, mach das", versuche ich meine wenig sensible Nachfrage zu überspielen. „Ich kümmere mich solange um alles, versprochen."

„Sehr gut. Dann suche ich mir schon mal einen Flug raus."

Erst nachdem ich aufgelegt habe, wird mir

bewusst, was ich ihm da versprochen habe. Aber was soll's, das bin ich ihm wohl wirklich schuldig.

Ich schaue die Post durch, die ich während meiner Abwesenheit erhalten habe und stoße auf einen Brief, dessen Handschrift mich stutzig macht.

Bitte nicht, stöhne ich auf, mein Leben ist doch gerade schon chaotisch genug. Am liebsten würde ich ihn gleich weglegen, aber irgendetwas hält mich zurück. Es wird wohl einen Grund haben, warum er mir schreibt. Mit zittrigen Händen öffne ich den Brief.

Version XII

Liebe Charlotte,

ich hatte gehofft, dass mir das Briefeschreiben auch im Blut liegt, so wie dir und Luisa. Jetzt habe ich aber schon so oft angefangen und nie ist etwas Brauchbares dabei herausgekommen.

Die Kurzfassung lautet jedenfalls so:
Ich habe nachgedacht, viel nachgedacht, und ich bekomme dich nicht aus meinen Gedanken. Ich hätte nicht einfach so abhauen sollen, aber die ganze Situation hat mich einfach überfordert. Ich möchte mit dir reden, Charlotte. Ich möchte dich sehen und versuchen, dir alles zu erklären.

Bitte ruf mich an, meine Nummer steht auf der Rückseite. Ich vermisse dich.

Julius

Es ist doch unglaublich, wie mein Leben durch Briefe beeinflusst wird. Vor allem auch wie er mein Leben durch Briefe beeinflusst. Ich dachte, wir leben in einer modernen Welt, wo man sich im Internet verliebt und übers Handy trennt, aber in der Hinsicht scheinen wir wohl in der Zeit stehen geblieben zu sein. Wenigstens hat er keine Ja/Nein/Vielleicht-Kästchen ans Ende gesetzt.

Ich beschließe, erst einmal gar nicht auf seinen Brief zu reagieren. Schließlich war das Problem mit Daniel zuerst da und ich arbeite jetzt einfach alles schön der Reihe nach ab. Zumal ich gar nicht weiß, was ich ihm antworten soll, denn in mir drin ist gerade alles so durcheinander. Und Verdrängung dient manchmal auch einfach der Selbsterhaltung. Zumindest für eine gewisse Zeit.

An der Uni gewöhne ich mich langsam ein, auch wenn ich mir immer noch nicht sicher bin wirklich den richtigen Studiengang gewählt zu haben. Es ist doch alles arg theoretisch und manchmal sehr trocken, aber ich hoffe, dass sich das noch gibt, wenn wir erst einmal über die Grundlagen hinweg sind.

Allerdings haben Vorlesungen in so großen Hörsälen den Nachteil, dass man viel zu leicht gedanklich abdriften kann. Und plötzlich hat man wieder den lieben langen Tag nichts anderes gemacht als den eigenen Hirngespinsten nachzujagen.

Jan: *Wie läuft die Uni? Schon dem Professor den Kopf verdreht?*

Ich: *Manchmal mag ich gar nicht wissen, was in deinem Kopf so alles vor sich geht... Aber danke der Nachfrage, alles gut, meine ProfessorIN ist sehr nett. Und meine Kommilitonen auch.*

Jan: *Ach diese Studenten sind doch alle noch so unreif...*

Ich: *Na vielen Dank auch.*

Jan: *Wie ich höre, hegst du schon wieder Urlaubspläne? Find' ich gut.*

Ich: *Ich bin mir noch nicht so ganz sicher, worauf ich mich da eigentlich eingelassen habe. Aber Urlaub wird's wohl eher nicht werden.*

Jan: *Keine Sorge, wir machen's uns schon nett.*

Ich: *Ist das jetzt ein Versprechen oder eine Drohung?*

Jan: *Tz, wenn du weiterhin so frech bist, garantiere ich für gar nichts mehr, Fräulein.*

KAPITEL SECHZEHN

Versprechen soll man halten

In den Semesterferien mache ich mich dann also endlich einmal wieder auf zum Meer, diesmal allerdings mit gemischten Gefühlen. Einerseits freue ich mich schon darauf wieder am Strand sitzen zu können, andererseits habe ich echt Angst vor der Begegnung mit Daniel.

Deshalb fahre ich auch zuerst zum Ferienhaus, um meine Sachen auszupacken und noch etwas Zeit zu schinden. Ich stecke den Schlüssel in die Tür und stelle fest, dass ich anscheinend bei meinem letzten Besuch gar nicht richtig abgeschlossen habe.

„Das hätte auch nach hinten losgehen können, Charlotte", schimpfe ich lautstark mit mir selbst.

„Was hätte nach hinten losgehen können?"

Ich verharre kurz in einer Art Schockstarre, bevor ich meine Cousine am Ende des Flurs ausmache.

„Sophie, was machst du denn hier?"

„Hallo Charlotte, ich freue mich auch dich zu sehen", gibt sie eingeschnappt zurück.

„Entschuldigung, hallo, ich freue mich natürlich auch", gebe ich zurück und nehme sie etwas steif in den Arm.

„Sieht ehrlich gesagt nicht so aus, aber egal. Ich mache hier Urlaub, genau wie du."

„Aber das machst du doch sonst nicht."

„Na und? Das ist Omas Haus und nicht deins, also kann ich hier auch mal wohnen und nicht immer nur du."

Recht hat sie ja, aber komisch ist es trotzdem. Ich hatte mich eigentlich darauf gefreut, hier tun und lassen zu können, was ich will und auf niemanden Rücksicht nehmen zu müssen. Aber ich übe mich ja gerade in Flexibilität, da gehört sowas wohl auch dazu.

„Und du? Laut Oma bist du ja dauernd hier. Musst du nicht studieren oder so?"

„Ich springe für Daniel ein."

„In der Kneipe? Übernimmst du dich da nicht ein bisschen?"

„Das lass mal meine Sorge sein."

„Ich meine ja nur. Aber keine Sorge, ich werde ein Auge auf dich haben."

Wem sagt sie das, das hat sie schließlich schon immer gehabt. Allerdings meistens nur, um eifersüchtig auf mich zu sein und mich bei jeder Gelegenheit zu verpetzen. Das kann ja lustig werden.

Zunächst verlangt aber mein Handy geräuschvoll nach meiner Aufmerksamkeit.

Jan: *Bist du schon am Bahnhof?*

Ich: *Ich bin sogar schon im Haus.*

Jan: *Na toll, ich wollte dich eigentlich abholen. Dann komme ich eben zum Haus. Bis gleich!*

Ob ich ihn vorwarnen sollte? Ach Quatsch, mich hat schließlich auch keiner vorgewarnt und mit Frauen hat er sicherlich kein Problem. Außerdem klingelt es auch schon.

„Hi!", grinst er mich an und begrüßt mich mit einem Kuss auf die Wange. Woraufhin ich natürlich gleich mal wieder rot anlaufen muss.

„Hallo Jan. Nicht erschrecken, ich bin nicht allein", versuche ich mich noch zu erklären, doch da kommt sie auch schon um die Ecke.

„Oh hallo! Ich bin die Sophie, Charlottes Cousine", säuselt sie und dreht sich doch tatsächlich eine Haarsträhne um den Finger.

„Hallo Sophie, ich bin Jan", gibt er mit seinem charmantesten Lächeln zurück. Jetzt fehlt nur noch der Handkuss, denke ich mir, und spüre dabei einen kleinen Stich im Herzen. Sie hatte eben schon immer so eine Wirkung auf Männer, die mir nie zuteil kam. Deshalb habe ich auch nie verstanden, worauf sie bei mir eigentlich eifersüchtig ist.

„Das brauchst du mir doch nicht zu sagen, ich habe deine Show geliebt und mich immer gefragt, wo du wohl abgeblieben bist!" Das auch noch, anscheinend hatte nur ich mal wieder keine Ahnung.

„Tja, jetzt hast du mich gefunden", zwinkert er ihr zu. Genau genommen habe ich ihn ja zuerst gefunden.

„Wollen wir dann mal?", versuche ich diese merkwürdige Situation aufzulösen.

„Ich dachte, wir gehen erst nochmal zum Strand, bevor du dich in die Höhle des Löwen wagst."

„Gerne."

„Kommst du mit, Sophie?"

Bitte nicht, flehe ich innerlich.

„Bei dem Wetter? Nein, danke. Aber ich komme gerne nachher zum Essen", schmachtet sie ihn an.

„Das würde mich freuen. Bis dann!"

Wir gehen zum Strand und sagen eine ganze Zeit lang gar nichts. Bis Jan schließlich das Wort ergreift:

„Du bist so still. Hast du solche Angst vor der Begegnung mit Daniel?"

„Nein… also ja, meine ich."

„Das war jetzt wenig überzeugend."

„Doch, doch."

„Wie kommt's denn, dass deine Cousine mitgekommen ist?"

„Die ist nicht mitgekommen, die hat sich eingenistet."

„Ihr könnt wohl nicht so gut miteinander?"

Als Antwort zucke ich nur mit den Schultern.

„Also ich fand sie nett."

„Das hat man gesehen."

„Eifersüchtig?"

„Was? Wieso sollte ich?", gebe ich viel zu schnell zurück. Jan grinst nur wissend und hakt zum Glück nicht weiter nach.

„Warum wolltest du mich eigentlich abholen?"

„Na ich muss mich doch um meine neue Mitarbeiterin kümmern."

„Bitte? Ich dachte, ich übernehme den Laden und werde somit deine Chefin."

„Süß", schmunzelt Jan. „Aber mal ehrlich, du hast doch gar keine Ahnung davon."

Ich laufe rot an und frage mich, wie ich so naiv sein konnte. Natürlich vertraut mir Daniel nicht einfach so seinen Laden an, da wäre er ja schön blöd.

„Was soll ich denn dann machen?", frage ich kleinlaut.

„Im Prinzip alles, was ich will", grinst er mich unverschämt an. Na das kann ja heiter werden.

„Aber jetzt wird's erst einmal Zeit dich deiner größten Angst zu stellen", sagt er, nimmt mich an die Hand und führt mich zu Daniels Kneipe.

„Lottchen!", begrüßt Daniel mich überschwänglich und reißt mich in seine Arme.

„Hallo Daniel", gebe ich vorsichtig zurück.

Er legt die Hände an meine Schultern, drückt mich von sich weg und schaut mir tief in die Augen.

„Lottchen, du hattest recht."

„So?"

„Lass mich mal ausreden. Du hattest recht, mir hat was gefehlt. Du hast mir gefehlt."

Um Himmels Willen, lass das bloß alles einen Traum sein…

„Aber nicht so, sondern eben einfach als Freundin. Ich habe da wohl irgendwie was reininterpretiert, was gar nicht da war. Ach, ich weiß auch nicht, ich brauche wahrscheinlich wirklich einfach eine Frau. Aber doch nicht dich! Der Kuss war halt einfach nichts, ich meine, er war nett, aber nichts Weltbewegendes."

„Na das hättest du jetzt aber auch irgendwie netter verpacken können", gebe ich beleidigt zurück.

Jan gibt sich nicht einmal Mühe, sein Lachen zu verbergen.

„Ach Lottchen, ich will dir damit doch nur sagen, dass du dir keine Sorgen um mich machen musst. Ich stehe nicht auf dich."

„Na dann bin ich wohl jetzt beruhigt, denke ich", gebe ich etwas unschlüssig zurück. Ich bin schließlich auch nur eine Frau und werde eigentlich ganz gerne umworben. Oder zumindest nicht so kategorisch abgelehnt.

„Andere Mütter haben auch schöne Söhne", bringt Jan sich ins Gespräch ein und zwinkert mir eindeutig zweideutig zu.

„Lottchen, lass uns drei heute Abend einfach zusammen noch was trinken, dann weihe ich dich in meine Reisepläne ein und wir besprechen mit Jan, was deine Aufgaben genau sind."

„Und was ist mit Sophie?", fragt Jan.

„Mit Sophie? Ist sie etwa hier?"

Ich nicke nur.

„Die habe ich ja schon ewig nicht gesehen. Na die bringst du natürlich mit, Lottchen!"

„Aber gerne doch", antworte ich mit einem falschen Lächeln auf den Lippen.

„Ich habe schon mal deine Sachen ausgepackt", werde ich bei meiner Rückkehr von Sophie begrüßt.

„Du hast bitte was?", gebe ich entsetzt zurück.

„Du sollst dich doch bestimmt noch nicht so anstrengen."

„Ich bin wieder gesund, Sophie."

„Ja, aber man weiß ja nie, nicht wahr? Ich will mir

jedenfalls keinen Vorwurf machen lassen, wenn du hier nochmal zusammenbrichst oder so."

„Sie ist halt so, Charlotte", versuche ich mich innerlich selber zu beruhigen. Sie meint es nur gut, ganz bestimmt.

„Ach so, dabei ist mir übrigens so ein Brief in die Hände gefallen. Wer ist denn dieser Julius?"

„Finger weg von meinen Briefen!", herrsche ich sie an.

„Ist ja gut. Tut mir leid, dass ich mich für meine Familienmitglieder interessiere", gibt sie eingeschnappt zurück.

„So war das ja auch nicht gemeint", gebe ich widerwillig nach. „Daniel hat uns übrigens eingeladen", versuche ich das Gespräch in eine andere Richtung zu lenken. „Er will mit uns und Jan heute Abend noch was trinken, bevor er morgen abreist."

„Mit Jan? Cool!"

Manchmal ist sie tatsächlich recht einfach zu beglücken.

Als wir abends endlich die Kneipe betreten, begrüßt uns Daniel mit den Worten:

„Na endlich! Ich dachte schon, ihr wollt mich versetzen."

„Wenn man seinen ganzen Kleiderschrank mit in den Urlaub nimmt, fällt die Wahl des geeigneten

Outfits für deine Kneipe eben schwer", gebe ich leicht entnervt zurück.

„Na und? Hättest du mir früher Bescheid gegeben, wann wir losgehen wollen, wäre ich auch pünktlich fertig gewesen. Aber dieses Aussehen braucht eben seine Zeit."

„Und das hat sich gelohnt", gesellt Jan sich zu uns und begrüßt uns beide mit einem Kuss auf die Wange. Sophie strahlt über das ganze Gesicht und läuft tatsächlich rot an. Wenn er so weitermacht, bin nicht ich es, die in diesem Urlaub noch zusammenbricht.

Wir setzen uns an die Theke, Daniel versorgt uns mit Getränken und Sophie verwickelt Jan in ein Gespräch übers Kochen. Ich wusste gar nicht, dass sie kochen kann, aber das klingt nach echter Erfahrung, was sie da von sich gibt. Vielleicht unterschätze ich sie doch.

Dann erzählt Daniel uns von seiner Thailand-Reise, die er morgen antreten wird. Dass er sich für Asien interessiert, höre ich zum ersten Mal. Aber vielleicht liegt das weniger an ihm als vielmehr an mir. Kann es sein, dass wir in letzter Zeit immer nur über mich gesprochen haben? Über meine Träume und Pläne? Und natürlich über meine Gesundheit? Bin ich echt so eine schlechte Freundin?

Dieser Gedanke nagt so sehr an mir, dass ich die neue Wendung, die das Gespräch genommen hat, anscheinend überhört habe.

„Lottchen?", fragt Daniel mich entsetzt.

„Hm?", versuche ich mich wieder auf das Gespräch zu konzentrieren.

„Wieso sagst du das denn nicht?"

„Was denn?"

„Na dass ihr euch schreibt?"

„Wer jetzt? Jan und ich?", gebe ich verwirrt zurück.

„Wer spricht denn jetzt von Jan? Ich rede von Julius!"

„Charlotte, wieso weiß Daniel denn, wer dieser Julius ist und bei mir machst du so ein Geheimnis draus?", wirft Sophie entrüstet ein.

„Ich weiß es auch", gibt Jan ungefragt seinen Senf dazu.

„Wir schreiben uns doch gar nicht", seufze ich.

„Da hat Sophie aber eben was ganz anderes erzählt", sagt Daniel.

„Er hat mir geschrieben, ich ihm aber nicht."

„Nun hör auf uns auf die Folter zu spannen", ermahnt Daniel mich. Und ich fange tatsächlich an alles zu erzählen.

„Und er ist der Zwillingsbruder deiner Lebensretterin? Wie romantisch ist das denn?", seufzt Sophie, als ich am Ende meiner Erzählung angekommen bin.

„Was ist denn daran romantisch, sich einfach so aus dem Staub zu machen?", gibt Daniel verächtlich zurück.

„Und dann der Brief...", seufzt sie weiter. „Moment mal, darauf hast du noch nicht geantwortet, Charlotte?"

Ich schüttele nur den Kopf.

„Lottchen? Ich bin jetzt 10 Tage weg und kann dich solange nicht vor dir selber schützen. Tust du mir den Gefallen und lässt dir nicht noch einmal das Herz brechen in dieser Zeit?", fragt Daniel besorgt.

„Keine Sorge. Ich weiß eh nicht, was ich ihm antworten soll, deshalb schreibe ich einfach gar nicht zurück", gebe ich entmutigt zurück.

Wir besprechen noch Jans und meine Aufgaben der nächsten Tage und lassen den Abend dann nicht allzu spät ausklingen. Schließlich muss Daniel morgen schon ziemlich früh zum Bahnhof. Meine Stimmung ist bedrückt, was vermutlich nicht nur an seiner Abreise liegt.

Am nächsten Morgen begleite ich Daniel dennoch wie versprochen zum Bahnhof und zwinge mir dafür ein fröhliches Lächeln auf.

„Mach's gut, Lottchen. Ich hoffe, ich sehe bei meiner Rückkehr dein ehrliches Lächeln wieder."

Dass er mich aber auch immer durchschauen

muss…

„Du, Daniel?"

„Hm?"

„Bin ich echt so eine schlechte Freundin, wie mein Gewissen mir weismachen will?"

„Wie meinst du das denn jetzt?"

„Na ich habe das Gefühl, ich weiß kaum noch, was in dir so vorgeht. Aber das ist ja auch kein Wunder, schließlich ging es in letzter Zeit immer nur um mich und meine Probleme."

„Ich kümmere mich halt gerne um dich."

„Das ist ja auch ganz lieb und nett, aber irgendwie kommst du doch dabei zu kurz."

„Ich habe mich noch nie gerne in den Vordergrund gestellt."

„Ich weiß, aber zumindest ich als deine beste Freundin sollte doch wenigstens besser über dich und deine Wünsche und Gefühle Bescheid wissen, findest du nicht?"

„Ehrlich gesagt behalte ich die generell lieber für mich", zögert er.

„Aber warum eigentlich? Man muss sich doch auch mal von seinem Ballast befreien und darüber sprechen."

„Wer nichts sagt, wird weniger verletzt. Zumindest weniger offensichtlich."

Das hat gesessen.

„Komm gesund und heile wieder, Daniel", sage ich

und nehme ihn zum Abschied in den Arm. Dann nimmt Daniel seinen Koffer und geht zum Zug.

„Und noch was Lottchen: Glaub nicht alles, was du denkst. Hör lieber auf dein Herz."

KAPITEL SIEBZEHN
Die Überraschung

Die nächsten Tage verlaufen immer nach der gleichen Routine: Frühstücken, am Strand spazieren gehen, in der Kneipe arbeiten, ins Bett fallen. Und in jeder freien Minute darüber grübeln, was ich eigentlich will. Ob ich zum Beispiel wieder mit dem Briefe schreiben anfangen sollte oder doch lieber nicht.

Meine Cousine stellt sich dabei allerdings als eine willkommene Ablenkung heraus. Ich glaube, wir haben uns noch nie so gut verstanden wie jetzt. Zugegebenermaßen haben wir aber auch noch nie so viel Zeit miteinander verbracht wie jetzt.

„So, Charlotte, heute Nachmittag bin ich mal mit Überraschen dran", eröffnet Sophie mir eines Tages beim Frühstück. „Ich habe schon mit Jan gesprochen, du bekommst dafür natürlich frei."

„Bist du sicher, dass mir das auch gefällt, was du da vorhast? Du weißt, ich habe es nicht so mit Überraschungen", gebe ich zu bedenken.

„Ja, ganz sicher. Jan sagt das auch."

„Ich hör' immer nur Jan…"

„Tz, das ist wohl Wunschdenken. Zieh dir was Praktisches und zum Wetter Passendes an, um 17 Uhr geht es los", strahlt sie mich an. Und weil sie so schön strahlt und es anscheinend echt nur gut meint, verkneife ich mir auch den Kommentar, ob die Outfit-Tipps nicht eher für sie gelten, denn ich habe eigentlich nur solche Sachen mit.

Pünktlich um 17 Uhr marschieren wir los Richtung Hafen. Ich hatte auf irgendetwas am Strand gehofft, aber gut. Als wir dann jedoch eins von den Segelbooten ansteuern, bin ich schnell wieder versöhnt, denn damit trifft sie tatsächlich meinen Geschmack. Ich möchte schon ewig mal wieder segeln gehen.

Auf dem Meer besinnt man sich zwangsläufig mehr auf sich selbst, aus Mangel an Alternativen. Außerdem ist ein Sonnenuntergang auf dem Meer noch viel atemberaubender als an Land. Dort sieht es wirklich aus, als ob die Sonne einfach so ins Wasser fällt und versinkt. Und anschließend ist es einfach nur dunkel, richtig dunkel, sodass man einen wunderschönen Blick auf den Sternenhimmel hat.

Sophie erklärt mir auf den letzten Metern zum Boot noch, wie sie überhaupt an dieses Boot gekommen ist. Der Besitzer war wohl gestern Abend in der Kneipe und sie ist irgendwie mit ihm ins Gespräch gekommen und hat dann gleich unsere Fahrt heute organisiert.

„Und er ist vertrauenswürdig und bringt uns auch heile wieder zurück?" Ich klinge schon beinah wie meine Mutter.

„Klar, Jan kennt ihn wohl irgendwie von früher."

„Na gut, dann wollen wir mal."

„Guck, da ist er schon. Hallo!"

„Guten Abend, die Damen!", begrüßt er uns freundlich und reicht uns die Hand, damit wir aufs Boot steigen können. Er ist vermutlich Ende 20, hat ein sehr sympathisches Gesicht und macht auch auf mich einen ordentlichen Eindruck. Allerdings wundere ich mich nun nicht mehr, wie Sophie wohl gestern mit ihm ins Gespräch gekommen sein mag.

„Wir legen am besten gleich ab, damit wir auch noch was haben vom Tag."

Gesagt, getan. Schon schippern wir durch den Hafen in Richtung Meer.

„Ich habe übrigens noch einen Kumpel dabei, der hat sich heute spontan bei mir angemeldet und kümmert sich gerade unter Deck um unser leibliches Wohl. Ach und vorgestellt habe ich mich ja auch noch nicht: Ich bin der Kai", sagt er und hält mir die Hand hin.

„Hallo Kai. Ich bin…"

„Charlotte?", fragt plötzlich eine Stimme von der Treppe aus. Ich brauche mich gar nicht umzudrehen, um zu wissen, welche Augen zu dieser Stimme gehören. Das Kribbeln in meinem Bauch verrät es mir augenblicklich. Wie in Zeitlupe drehe ich mich dann aber schließlich doch zu ihm um und das Kribbeln wandert durch meinen ganzen Körper.

„Julius", gebe ich mit zitternder Stimme zurück.

„Julius?", flüstert Sophie, „Der Julius?"

Ich nicke und sie klatscht begeistert in die Hände. Julius und ich starren uns weiterhin an, bis Kai die Spannung durchbricht:

„Also irgendwie scheine ich was verpasst zu haben."

„Keine Sorge, ich kläre dich gleich auf", sagt Sophie und fängt an mich in Richtung Treppe zu schieben. „Und ihr zwei geht am besten mal eine Runde quatschen."

Julius geht vor und bedeutet mir mitzukommen. Ich setze mich an den kleinen Tisch, bevor meine Knie doch noch nachgeben, und er lehnt sich an die kleine Küchenzeile.

„Das ist ja ein richtiges Déjà-vu", entfährt es mir.

„Solange es kein Traum ist, ist mir alles recht",

sagt er und muss schmunzeln.

„Wäre es ein schöner oder ein schlimmer Traum?"

„Sag du es mir. Hast du meinen Brief gar nicht bekommen?"

Ich laufe rot an und verrate mich dadurch selbst. Er setzt sich mir gegenüber, doch ich kann ihm nicht in die Augen sehen.

„Charlotte, bitte sieh mich an", sagt er und greift nach meinen Händen. „Ich schreibe solche Briefe nicht zum Scherz. Eigentlich schreibe ich gar keine Briefe, nur dir irgendwie. Keine Ahnung, was mich da geritten hat."

Nun sehe ich ihm doch in die Augen.

„Ich habe wirklich viel nachgedacht. Und vor allem habe ich viel an dich gedacht. Und an Luisa."

Tränen steigen mir in die Augen.

„Aber das waren nur gute Gedanken!"

„Und wer sagt, dass das so bleibt?"

„Das kann niemand sagen. Aber genau so wenig kann jemand sagen, dass es sich ändert. Lass es uns doch wenigstens versuchen."

„Aber wir kennen uns doch eigentlich kaum."

„Aber du und Luisa, ihr kanntet euch irgendwie. Ihr habt ja offensichtlich auf den verschiedensten Ebenen miteinander harmoniert, warum denn dann nicht auch wir? Ich bin schließlich auch ihr Zwilling, nicht nur du."

„Das ist jetzt aber schon weit hergeholt…"

„Das ist mir egal, solange du mir noch eine Chance gibst."

Ich weiß nicht, was ich darauf antworten soll, deshalb sage ich lieber gar nichts und schaue ihn nur an. Und auch er bleibt einfach still sitzen, schaut mich an und hält dabei weiter meine Hände. Vielleicht hofft er, die Antwort in meinen Augen zu finden. Ich jedenfalls versuche sie in seinen zu finden. Und so sitzen wir eine ganze Weile einfach nur da und schweigen.

„Erzähl mir was von deiner Schwester", durchbreche ich nach einer Weile die Stille.

„Puh, ähm… und was?"

„Ich weiß nicht. Irgendwas, was ich noch nicht weiß. Wie war sie so in deinen Augen?"

„Nervig, wie kleine Schwestern halt so sind."

„Ich denke, ihr seid Zwillinge?"

„Ja, aber ich bin 2 Minuten älter. Das hat man schon gemerkt."

„Ganz bestimmt", lache ich.

„Ja, wirklich. Wir sind zwar beide sehr impulsiv, aber sie war dabei immer noch einen Tick unvernünftiger. Sie hatte es nicht so mit Regeln, aber dafür mit schlauen Sprüchen. Sie hat andauernd gequasselt und zu allem ungefragt ihren Senf dazugegeben. Aber sie war auch immer für einen da, wenn man sie brauchte." Nun wird er nachdenklich.

„Sie war einfach toll", fügt er noch leise hinzu, „und irgendwie auch sowas wie meine bessere Hälfte."

Ein dicker Kloß macht sich in meinem Hals breit und nimmt mir den Mut noch weitere Fragen zu stellen.

Irgendwann fällt mir aber doch noch eine Frage ein:

„Was machst du überhaupt hier?"

„Segeln. Mit Kai."

„Ausgerechnet hier?"

„Ich verbinde mit diesem Ort schöne Erinnerungen. Du nicht?"

„Was denn für Erinnerungen?"

„Erinnerungen an eine sehr kurze, aber dafür sehr schöne Zeit mit einer wunderschönen Frau zum Beispiel."

Das lasse ich jetzt mal lieber unkommentiert so stehen.

„Charlotte?"

„Hm?"

„Die Zeit mit dir hat mir echt eine Menge bedeutet, auch wenn sie so kurz war. Ich habe halt irgendwie das Gefühl, als würden wir uns schon ewig kennen."

„Kein Wunder, ich trage ja auch einen Teil deiner Schwester in mir."

„Glaubst du echt, dass das daran liegt?"

„Ist doch naheliegend, oder nicht?"

„Ich glaube, uns verbindet viel mehr als diese

Geschichte mit den Stammzellen. Und irgendwie beweise ich dir das schon noch." Sein Blick strotzt vor Entschlossenheit. „Charlotte, mal ehrlich. Ich reagiere auch körperlich auf dich, das ist ja mal gar keine Frage, aber die Gefühle, die da noch sind, die können doch nicht von den Stammzellen kommen. Stammzellen haben doch eigentlich eine ganz andere Aufgabe, oder?"

„Schon", zucke ich mit den Schultern.

„Oder haben die etwa auch Gefühle? Tue ich denen etwa unrecht? Heutzutage weiß man ja nie…"

Nun muss ich schmunzeln.

„Und du musst doch auch irgendwas für mich fühlen. Oder führst du immer gleich fremde Männer zu dir nach Hause?"

„Um Himmels Willen, nein", schlage ich mir die Hände vors Gesicht. „Die Aktion verstehe ich ja bis heute selber nicht. Genauso wenig wie die mit dem Wohnmobil."

„Na siehst du. Das muss doch was heißen!"

Ich schaue ihn mit großen Augen an.

„Mit dem Blick hast du mich schon im besagten Wohnmobil wahnsinnig gemacht." Er atmet tief durch. „Bitte gib mir noch eine Chance. Ich weiß, das ist alles nicht optimal verlaufen, aber das wäre ja auch langweilig."

„Hat hier irgendjemand Interesse an einem Sonnenuntergang auf dem Meer?", tönt es von oben.

„Denk bitte darüber nach", sagt Julius noch, bevor er mich an Deck führt.

Wie erwartet ist der Sonnenuntergang atemberaubend. Julius steht währenddessen schweigend neben mir, ergreift aber irgendwann meine Hand und lässt sie auch nicht wieder los.

Auf der Rückfahrt hängen wir beide unseren Gedanken nach und lassen uns von Sophie und Kai überreden, in Daniels Kneipe am Hafen noch was trinken zu gehen. Sie ist kaum noch besucht, sodass Jan sich gleich zu uns gesellt.

„Das ist ja ein Ding, mein Stellplatz-Nachbar!", begrüßt er Julius und ich versuche ihm mit Blicken klar zu machen, dass er sich benehmen soll.

„Ach, der Herr Koch. Ist der Chef gar nicht im Hause?", gibt Julius zurück.

„Der macht Urlaub in Thailand", meldet sich meine Cousine zu Wort. „Aber jetzt wo er weg ist… Stimmt das eigentlich, was Jan mir erzählt hat, Charlotte?"

„Was hat er dir denn erzählt?", frage ich und ahne bereits Böses.

„Na dass er dich geküsst hat?"

Aus dem Augenwinkel sehe ich, wie sich Julius' Aufmerksamkeit nun ganz auf meine Antwort richtet, doch Jan kommt mir zuvor.

„Unserer Charlotte kann eben keiner widerstehen",

sagt er und zwinkert mir doch tatsächlich auch noch zu.

Wieder einmal laufe ich ziemlich unpassend rot an und gebe somit ein völlig falsches Zeichen an Julius. Der wird sichtlich angespannter und da wird es mir einfach zu bunt. Ich fühle mich völlig überfordert von der ganzen Situation und dem heutigen Tag. „Mir reicht's für heute", sage ich und stapfe wutentbrannt zur Tür. „Danke für den Segeltörn, Kai", besinne ich mich noch auf meine guten Manieren und trete dann hinaus in die Nacht.

Ich komme allerdings nur wenige Meter weit, bis mir jemand meine Jacke um die Schultern legt. Wenn ich du wäre, würde ich aber nicht alleine gehen, spricht die Erinnerung in meinem Kopf. Das sagt diesmal allerdings niemand, dafür aber etwas anderes:

„Stimmt das?"

„Stimmt was?"

„Na das mit Daniel. Ich hab' doch schon immer gewusst, dass er auf dich steht."

„Schön, dass ihr wenigstens alle Bescheid wusstet."

„Ja und? Stimmt's denn jetzt oder nicht?"

„Ja und es war nichts. Zufrieden?"

„Nicht ganz. Was war denn mit dem Koch?"

„Der hat mir Kochen beigebracht."

„Ist das jetzt ein Synonym für irgendwas?"

Ich muss lachen, doch er meint es anscheinend tatsächlich ernst.

„Nein. Er hat mir in seinem Restaurant ein bisschen Kochen beigebracht und flirtet ansonsten mit allen Frauen, die nicht bei drei auf dem Baum sind."

„In seinem Restaurant?"

„Er ist ein berühmter Fernsehkoch, wusstest du das nicht?", gebe ich selbstgefällig zurück.

„Nein und das ist mir auch egal, solange du spätestens bei zwei auf dem Baum bist."

Nun muss ich schmunzeln, weil mir seine Eifersucht doch irgendwie schmeichelt. Wir sind inzwischen an Omas Ferienhaus angekommen und stehen nun etwas unschlüssig vor der Tür.

„Wenn ich jetzt du wäre, würde ich sowas sagen wie: Es war schön, dich wiederzusehen, Julius."

„Das war es auch wirklich", gebe ich mir einen Ruck.

„Heißt das, du gibst mir noch eine Chance?"

„Ich kenne dich immer noch kaum, Julius." Und ich habe Daniel versprochen, mir nicht noch einmal das Herz brechen zu lassen, füge ich im Stillen hinzu.

„Das war immerhin kein klares Nein. Ich mache dir einen Vorschlag: Wir fangen nochmal ganz von vorne an. Mit Kennenlernen und erstem Date und so. Und dann entscheidest du."

„Das klingt gut", gebe ich erleichtert zurück.

„Gute Nacht, Charlotte", sagt er, gibt mir einen Kuss auf die Wange und verschwindet in der Dunkelheit.

„Gute Nacht, Julius", flüstere ich ihm nach.

Natürlich kann ich in dieser Nacht nicht schlafen. Ich wälze mich hin und her und grübele über den Tag und seine Worte nach.

KAPITEL ACHTZEHN

Das Kennenlernen

Am nächsten Morgen stehe ich früh auf, damit ich meiner Cousine nicht gleich in die Arme laufe. Ich ziehe mich an und gehe hinaus und schlage dabei ganz automatisch den Weg zu den Dünen ein.

Ich liebe diese erwartungsfrohe Spannung, wenn man immer weiter die Düne hinauf geht, das Meer riechen und hören, aber noch nicht sehen kann. Es ist jedes Mal wie eine kleine Bergbesteigung, bei der man auf der Spitze mit einem wundervollen Ausblick belohnt wird. Nur ist dieser Anstieg weitaus weniger kräftezehrend und somit auch für mich geeignet.

Auch wenn man genau weiß, was sich hinter den Dünen verbirgt, ist es jedes Mal ein völlig neuer Anblick. Er ist nie gleich, so wie auch keine Welle der anderen gleicht, irgendetwas ist immer anders, auch wenn es nur ein kleines Detail ist. Den

Unterschied kann schon eine einzelne Möwe ausmachen oder auch ein Schiff am Horizont. Oder eine Qualle, die bei Ebbe am Strand zurück geblieben ist. Oder eben auch ein Jogger, der an der Wasserkante vor meiner Lieblingsstelle hin- und herläuft und offenbar nach etwas Ausschau hält.

Ein Lächeln schleicht sich in mein Gesicht und ich setze mich in den Sand. Ich beobachte den Jogger, der nun eine Pause einlegt und offensichtlich versucht besonders elegante Dehnübungen zu machen, worüber ich allerdings lachen muss.

„Der legt sich aber richtig ins Zeug, was?", sagt plötzlich eine Stimme hinter mir.

„Jan? Was machst du denn hier?", drehe ich mich erschrocken um.

„Auf dich aufpassen", sagt er trocken und begrüßt mich mit einem Kuss auf die Wange.

Ich schaue wieder zum Strand und sehe, dass besagter Jogger mit seinen Übungen aufgehört hat und nun auf uns zu kommt.

„Danke, aber ich bin schon groß, ich kann selber auf mich aufpassen."

„Guten Morgen!", unterbricht Julius unsere Unterhaltung und begrüßt mich ebenfalls mit einem Kuss auf die Wange. Für Jan hat er nur ein kurzes Nicken übrig.

„Moin", antwortet Jan, bevor sich eine

unangenehme Stille zwischen uns allen ausbreitet.

„Kaffee?", versuche ich die Stille zu durchbrechen.

„Gerne", sagt Jan, „aber ich habe keinen mitgebracht. Hast du irgendwo welchen versteckt?"

„Nein, aber ich könnte uns allen welchen kochen", sage ich und frage mich im gleichen Moment, wie ich denn jetzt bitteschön auf so eine blöde Idee komme.

„Ich bin dabei", sagt Julius.

„Na dann mal los", sagt Jan.

Wir legen den Weg schweigend zurück, Julius an meiner linken Seite, Jan an meiner rechten. Zwischendurch holen wir noch schnell beim Bäcker ein paar Brötchen.

Am Haus angekommen schließe ich die Tür auf und gehe vor. Sophie kommt gerade im Nachthemd die Treppe herunter und strahlt über das ganze Gesicht, als sie Jan entdeckt.

„Die habe ich am Strand gefunden", höre ich mich sagen.

„Hast du ein Glück, ich finde immer bloß Muscheln", entgegnet sie.

Wir gehen in die Küche und Julius macht sich sofort an der Kaffeemaschine zu schaffen.

„Ach ja, du kennst dich ja schon aus hier", sagt Jan abfällig.

Sophie deckt den Tisch und verwickelt Jan in ein Gespräch über irgendetwas. Ich höre nicht wirklich zu sondern beobachte jede Bewegung von Julius, während es in meinem Kopf rattert. Meint er es wirklich ernst? Und was will ich eigentlich?

„Milch?", fragt Jan mich plötzlich.

„Sie trinkt ihren Kaffee schwarz", antwortet Julius für mich.

„Sie ist schon groß und kann für sich selber sprechen", sagt Jan.

„Sie ist übrigens auch im Raum und kann euch prima hören", gebe ich genervt zurück.

Den Rest des Frühstücks verbringen wir zum Glück ohne weiteres Gockel-Getue. Wobei sich hauptsächlich Jan und Sophie unterhalten, während Julius und ich schweigend daneben sitzen und uns anstarren.

„So, jetzt müssen wir aber wirklich langsam los, Charlotte", sagt Jan.

„Wohin müssen wir denn?", gebe ich verdutzt zurück.

„Zum Großmarkt."

„Und wieso muss ich da mit?"

„Weil ich jetzt dein Chef bin", grinst er mich an und erntet dafür einen bösen Blick von Julius.

„Also gut", gebe ich mich seufzend geschlagen. Schließlich habe ich Daniel versprochen mitzuhelfen.

„Mach dir keine Sorgen, ich kümmere mich um

Julius", sagt Sophie, woraufhin dieser mich irritiert ansieht.

„Na dann ist ja alles bestens", sage ich und verabschiede mich mit einem kurzen Winken aus dem Raum.

„Bis später!", ruft Julius mir noch nach.

„War das jetzt wirklich nötig?", frage ich Jan im Auto.

„Was denn? Ich verbringe halt auch gerne Zeit mit dir", gibt er völlig unschuldig zurück.

Und wir verbringen wirklich wieder einmal eine schöne Zeit miteinander, wenn man das beim Einkaufen so sagen kann. Er ist lustig und wir können einfach über alles reden, das macht echt Spaß.

Trotzdem schweifen meine Gedanken immer wieder zu Julius ab. Er hat sich eben schon ziemlich in meinem Kopf und in meinem Herzen eingenistet.

Auf der Rückfahrt sehe ich, dass ich eine Nachricht von meiner Cousine erhalten habe:

Sophie: *Ich soll dir ausrichten, dass er nicht aufgeben wird. Er ist so süß!*

Die Nachricht bringt mich zum Schmunzeln, was auch Jan nicht entgeht.

„Wenn du bei meinen Nachrichten auch immer so

lächelst, ist ja alles gut."

Das lasse ich mal lieber so zwischen uns stehen.

Den Rest des Tages verbringe ich damit, Jan in der Küche zu helfen. Ich lerne immer mehr übers Kochen und es macht mir tatsächlich immer noch Spaß, wer hätte das gedacht?

Abends schicke ich Daniels Mutter ins Bett und übernehme den Service in der Kneipe. Ich stehe gerade hinter der Theke und zapfe Bier, als ein Pärchen den Gastraum betritt. Ein Mann mit wahnsinnig schönen Augen und eine bei ihm eingehakte Blondine, die sich offensichtlich gerade köstlich über etwas amüsiert, was er gesagt hat. Die Eifersucht versetzt mir einen Stich ins Herz.

Da tritt auch Jan plötzlich aus der Küche und scheint den Anblick deutlich besser zu finden als ich. Als auch Sophie ihn erblickt, löst sie sich von dem Mann mit den schönen Augen und macht Jan dafür welche.

„Hallo", sagt Julius zu mir und setzt sich an die Theke.

„Hallo", gebe ich zurück.

„Geh mit mir aus", sagt Julius.

„Bitte?", frage ich irritiert.

„Ich will nicht mehr zugucken, wie andere Typen dich angraben und selber keine Chance bekomme. Komm mit mir mit."

„Aber ich muss doch arbeiten", antworte ich gerade, als Jan und Sophie zu uns stoßen.

„Das kann ich doch heute für dich übernehmen", sagt meine Cousine und strahlt Jan an. „Ich wollte schon immer mal mit einem Fernsehstar zusammenarbeiten."

Damit scheint sie ihn auf dem richtigen Fuß erwischt zu haben, denn seine Antwort lautet schlicht: „Na hau schon ab." Und mit einem bösen Blick an Julius gerichtet fügt er noch hinzu: „Aber ich habe dich im Blick, mein Freund."

Ich lasse einfach alles stehen und liegen, schnappe mir meine Sachen und gehe mit Julius hinaus.

„Und jetzt?", frage ich.

„Jetzt lernst du mich kennen", sagt er.

Und ich laufe rot an.

Julius nimmt mich an die Hand und führt mich zum Strand. Wir gehen zu meiner Lieblingsstelle, an der eine Decke, ein Windlicht, eine Flasche Wein und zwei Gläser schon auf uns warten.

„War das etwa ein abgekartetes Spiel zwischen dir und Sophie?", frage ich und fühle mich geschmeichelt.

„Das war quasi eine Win-Win-Situation. Sie hat jetzt Zeit mit ihm und ich mit dir."

Wir setzen uns, er legt die Decke über unsere Beine und schenkt uns den Wein ein. Den gleichen

Rotwein wie damals in Luisas Wohnmobil, stelle ich fest.

„Also, was willst du wissen?"

„Ähm…", gebe ich leicht überfordert zurück. „Was muss ich denn wissen?"

Stille.

„Eigentlich musst du nur wissen, was du willst. Das hat jetzt nicht wirklich was mit meiner Person zu tun."

Ich rolle mit den Augen, was ihm allerdings leider nicht entgeht, weil er ausgerechnet in dem Moment nicht mehr aufs Meer schaut sondern mich ansieht.

„Mal ehrlich… Keine Ahnung, was man über mich wissen muss. Das klingt irgendwie, als wäre ich ein Schwerverbrecher."

„Dann bist du also das schon mal nicht", stelle ich fest.

„Du machst mich wahnsinnig, Charlotte."

„Ist das jetzt gut oder schlecht?"

„Das kommt ganz darauf an, wo deine Reise nun hingeht. Und ob du mich mitnimmst."

„Dazu müsste ich dich ja nun erst einmal kennenlernen."

„Das war der Plan von dem Ganzen hier."

„Also, ich weiß inzwischen, dass du Julius Wagner heißt, 25 Jahre alt und ein echter Zwilling bist. Und ich kenne sogar schon deine Eltern."

„Und du weißt, wie ich mit und ohne Klamotten

aussehe", fügt er trocken hinzu und treibt mir damit schon wieder die Röte ins Gesicht. „Und was fehlt dir jetzt noch an Informationen?"

„Zum Beispiel, ob du eine Freundin hast. Oder vielleicht sogar eine Frau? Kinder?"

„Was?"

„Nein, dann hätten deine Eltern sicher auch Fotos von ihren Enkelkindern an der Wand, wenn es welche gäbe", sinniere ich vor mich hin.

„Charlotte, ich bin frau- und kinderlos und eine von den beiden Sachen versuche ich zurzeit zu ändern, falls es dir aufgefallen ist."

„Was machst du überhaupt beruflich?"

„Ich schreibe gerade noch an meiner Doktorarbeit."

„Hobbies?"

„Musik, Surfen, Reisen, …"

„Und was sind deine Pläne für die Zukunft?"

„Langsam fühlt es sich mehr nach Verhör als nach einem Date an."

„Ich verstehe halt nicht, warum du ausgerechnet was von mir willst. Mit meiner Vorgeschichte, die durch Luisa ja auch irgendwie dich betrifft. Ich meine, das könntest du doch auch unkomplizierter haben."

„Vielleicht will ich das aber gar nicht."

„Vielleicht?"

„Charlotte, es gibt keine Garantie für das Leben."

„Wem sagst du das…"

„So meine ich das nicht. Ich weiß auch nicht, was die Zukunft bringt, aber ich weiß, was ich heute fühle."

„Und was fühlst du?"

„Das würde ich dir gern zeigen." Er schaut mir in die Augen und wartet offensichtlich auf eine Antwort von mir. Zu der ich unter diesen Umständen allerdings nicht fähig bin. Vorsichtig legt er seine Hand an meine Wange und kommt mit seinem Gesicht immer näher an meins. „Darf ich?", fragt er und ich antworte mit einem Nicken. Und dann küsst er mich so sanft und vielversprechend wie nie zuvor.

Nach einer gefühlten Ewigkeit lösen wir uns wieder voneinander und schauen uns in die Augen.

„Das ist alles, was ich dir versprechen kann", durchbricht Julius die Stille.

Ich finde, das ist schon eine ganze Menge.

Den Rest des Abends verbringen wir aneinander gekuschelt am Strand. Wir hängen beide unseren Gedanken nach, bis auch die Decke die Kälte nicht mehr von uns abhalten kann und wir den Weg zu Omas Ferienhaus einschlagen.

„Bleibst du heute bei mir?", frage ich ihn an der Tür.

„Ich bleibe erst bei dir, wenn du dir sicher bist, was

du willst, Charlotte", antwortet er, gibt mir noch einen Kuss und geht.

Ich gehe seufzend nach oben und lasse mich auf mein Bett fallen. Plötzlich kommt mir eine Idee und ich krame noch einmal den Brief von Julius hervor.

Ich: *Du hättest mich wenigstens noch nach meiner Nummer fragen können.*

Julius: *Die habe ich mir schon längst besorgt, für die nächste Phase.*

Ich: *Welche nächste Phase?*

Julius: *Von meinem Überzeugungsplan. Falls die Küsse nicht genug Wirkung zeigen.*

KAPITEL NEUNZEHN

Große Worte

Ich wache auf und fühle mich gut. Ich bin am Meer, ich bin gesund und ich bin zufrieden. Und ich habe offensichtlich seit langem mal wieder ausgeschlafen. Trotzdem bleibe ich noch ein wenig liegen und lasse mir die Sonnenstrahlen auf das Gesicht scheinen.

Ich denke, ich muss mich entscheiden: Will ich Sicherheit oder will ich Gefühle? Denn Gefühle sind nie sicher. Aber ohne Gefühle kann man auch nicht leben. Und leben will ich definitiv, mehr als alles andere.

Eines weiß ich aber sicher: Ich denke zu viel. Oder ich handele zu wenig, je nachdem, wie man es ausdrücken möchte. Ich bremse mich selber aus, dazu brauche ich nicht einmal jemand anderen. Ich brauche jemand anderen, der mir die Sicherheit gibt, den Fuß auch ruhig mal von der Bremse zu nehmen und es einfach rollen zu lassen. Es einfach laufen zu lassen, das Leben. Denn selbst bei einer Sackgasse kann man immer noch umdrehen und weiterfahren.

Wie heißt es doch so schön? Viele Wege führen nach Rom. Und mein Weg? Eigentlich immer wieder ans Meer.

Nach jeder Flut und der darauffolgenden Ebbe sieht der Strand wieder wie neu aus. So unberührt, bis die ersten Fußstapfen das Bild trügen. Es ist, als würde das Meer den Strand wieder reinwaschen, von alten Sünden befreien, damit er neu anfangen kann.

Genau sowas brauche ich auch, um die alten Narben verblassen zu lassen. Ich brauche etwas, das mein Innerstes durchspült und rein hinterlässt, damit neue Gedanken wachsen können – eine Art Hirnwäsche. Luisas Blut war so etwas. Wie eine Welle, die das Alte fortspült und Platz für Neues macht.

Allerdings spült die Flut auch immer wieder Müll an den Strand, den die Ebbe dann nicht wieder mitnimmt. Auf diesen Müll kann ich verzichten.

Ein Klingeln reißt mich glücklicherweise aus diesen merkwürdigen Gedanken. Ich denke eben wirklich zu viel.

Da anscheinend niemand die Tür öffnet, klingelt es

erneut, und so quäle ich mich aus dem Bett und erledige das.

Vor der Tür steht Julius, mit den Händen in den Hosentaschen, und er sieht wie immer unglaublich gut aus. Sein Blick wandert über meinen ganzen Körper, bis seine blauen Augen sich in meine bohren und ein Lächeln sich in seinem Gesicht breit macht.

„Du siehst gut aus", stellt er fest, „so zufrieden."

Nun wird auch mein Lächeln breiter.

„So fühle ich mich auch."

Er legt den Kopf schief und fragt: „Und was machst du dann bei dem schönen Wetter noch im Bett?"

„Nachdenken."

„Davon kriegt man Falten. Komm lieber mit."

Das lasse ich mir nicht zweimal sagen und ziehe mich schnell an.

Wir gehen zum Strand, wohin auch sonst. Der ist aufgrund des Wetters heute auch gut besucht.

Die Touristen erkennt man vor allem an den verräterischen grünen Streifen in Bauchhöhe, die sie sich in Folge einer Fehleinschätzung ihres Umfangs beim Durchqueren der Pfähle zugezogen haben. Aber Algen und Tang sollen ja gesund sein.

Wir schlendern an der Wasserkante entlang und Julius scheint irgendetwas auf dem Herzen zu liegen.

Er schaut mich immer wieder an und seine Hand streift immer wieder wie zufällig meine. Plötzlich bleibt er stehen.

„Charlotte, die Sache mit dem Kennenlernen ist ja gut und schön, aber ich habe mich nicht ohne Grund schon bei unserer ersten Begegnung kaum zurückhalten können. Du quälst mich."

„Wie bitte?"

„Ich meine, haben wir nicht noch unser ganzes Leben lang Zeit uns kennenzulernen? Man ist doch keine fertige Person, die sich nicht mehr verändert. Man kann doch ständig neue Seiten an sich und anderen entdecken, das macht es doch erst spannend. Außerdem zählen doch wohl ganz andere Dinge als Name, Alter und Beruf, wenn es um Gefühle geht. Wenn die Gefühle stimmen, ist dann der Rest nicht irgendwie Nebensache?"

Und ich habe mal behauptet, er sei kein Mann der großen Worte.

„Man kann nie ganz ohne Risiko neu anfangen, aber man kann es doch wenigstens versuchen", appelliert er an mich.

„Genau darüber habe ich vorhin auch nachgedacht."

„Aber nur denken bringt einen nicht weiter, man muss auch mal handeln."

„Ich weiß."

„Und genau das tue ich jetzt", sagt er, gibt mir

einen Kuss auf die Wange und marschiert los. Ich bleibe etwas ratlos am Strand zurück und versuche wieder einmal, ihn zu verstehen.

Vielleicht hilft ein Perspektivwechsel, denke ich mir und gehe hoch auf die Dünen. Hier oben klingt alles anders, es riecht anders und auch der Wind weht anders. Mehr Sinn ergibt seine Reaktion aber auch hier nicht.

Ich gehe zurück zum Haus und frühstücke erst einmal. Immer wieder schaue ich nach, ob er mir vielleicht eine Nachricht geschrieben hat, doch ich werde jedes Mal enttäuscht. Langsam werde ich wütend, weil er wieder einmal einfach abgehauen ist, deshalb mache ich mich lieber auf den Weg in die Kneipe, um mich abzulenken. Außerdem sollte ich heute vielleicht noch ein bisschen mehr mit anpacken, nachdem ich gestern einfach gegangen bin.

Ich bin nicht wirklich überrascht, dort nicht nur Jan sondern auch meine Cousine anzutreffen.

„Charlotte! Na, wie war's?", will sie natürlich gleich wissen.

„Schön", gebe ich mich bedeckt.

„Muss ich schon wieder Pfannkuchen machen?", fragt Jan skeptisch.

„Nein, das nicht", sage ich wenig überzeugend.

„Aber?", bohrt Jan nach.

„Naja, er ist eben schon wieder abgehauen. Aber diesmal kommt er wieder, glaub' ich."

„Glaubst du...", spottet Jan.

„Natürlich kommt er wieder", mischt Sophie sich ein, „Der ist doch total verschossen."

In diesem Moment bin ich wirklich froh sie hier zu haben.

Wir machen uns zusammen an die Arbeit, als Daniels Mutter mit einem strahlenden Gesicht die Küche betritt. Sie zeigt uns stolz eine Nachricht von Daniel, dem es offensichtlich sehr gut geht auf seiner Reise. Er berichtet von tollen Stränden, netten Menschen, interessanten Gerichten und vergisst auch nicht, mich noch einmal an mein Versprechen zu erinnern. Ich freue mich schon darauf, wenn er in ein paar Tagen wiederkommt.

Als ich das nächste Mal nach einer Nachricht von Julius schaue, werde ich nicht enttäuscht.

Julius: *Ich hole dich um 6 ab. Pack was Warmes und was zum Schlafen ein.*

In meinem Bauch kribbelt es verräterisch, aber ich kann diesen Kommando-Ton auch nicht einfach unkommentiert stehen lassen.

Ich: *Du hast mich schon wieder einfach stehen gelassen. Meinst du wirklich, da komme ich nochmal mit?*

Julius: *Ich hoffe es.*

Die Hoffnung stirbt ja bekanntlich zuletzt, denke ich mir.

Julius: *Ansonsten hole ich dich einfach trotzdem.*

„Dein Ego bekommt Konkurrenz", sage ich zu Jan.
    „Dafür ist mein Charme unvergleichlich", grinst er mich an.

KAPITEL ZWANZIG

Zurück im Krankenhaus

Auch wenn meine Vernunft mir Gegenteiliges rät, lasse ich natürlich Sophie und Jan wieder mit der Kneipe alleine zurück und gehe zum Ferienhaus, um zu packen. Aber schließlich wollte ich ja mehr auf mein Bauchgefühl hören, versuche ich mich vor mir selber zu rechtfertigen.

Und natürlich bin ich auch viel zu früh fertig und laufe nun nervös vor dem Fenster auf und ab und halte nach ihm Ausschau. Pünktlich um 6 Uhr hält Luisas Wohnmobil vor der Tür und ich steige ein.

„Schön, dass ich dich nicht zu deinem Glück zwingen muss", begrüßt Julius mich.

„Vielleicht lasse ich dich ja diesmal einfach stehen", gebe ich zurück.

Als Antwort bekomme ich nur ein freches Grinsen.

„Wo geht es denn überhaupt hin?"

„Lass dich überraschen", sagt er nur und dreht das Radio lauter.

Ich muss wohl genauso irritiert aussehen, wie ich tatsächlich auch bin, deshalb fügt er noch etwas hinzu: „Jetzt sei die nächste halbe Stunde einfach mal still und hör zu, so lernst du mich glaub' ich am besten kennen."

Auch wenn ich mich noch immer vor den Kopf gestoßen fühle, lausche ich einfach mal der Musik. Ich schaue auf die vorbeiziehende Landschaft und warte gespannt auf die ersten Textzeilen. Und er hat recht, Musik verrät so viel über einen Menschen.

Wenn man musikalisch so gar nicht auf einer Wellenlänge liegt, wird es auch generell schwierig mit der Harmonie, davon bin ich fest überzeugt. Der Musikgeschmack ist eben etwas sehr persönliches. An seinem habe ich jedenfalls nicht auszusetzen, ganz im Gegenteil. Er scheint zu den Menschen zu gehören, die nicht nur auf die eigentliche Musik sondern vor allem auch auf den Text hören.

Ein Lächeln schleicht sich in mein Gesicht und ich verliere mein Zeitgefühl. Ich habe keine Ahnung, wie lange wir nun schon schweigend unterwegs sind, als plötzlich ein Klingeln alles stört. Ich stöhne genervt auf und ziehe mein Handy aus der Tasche.

„Was ist denn los?", nehme ich den Anruf wenig begeistert entgegen.

„Charlotte, reg dich bitte nicht auf. Aber Oma ist im Krankenhaus", meldet sich meine Cousine am anderen Ende.

„Was?", flüstere ich entsetzt in den Hörer.

„Keine Sorge, es ist wohl halb so wild."

„Ich fahre sofort hin", gebe ich zurück.

Diese Worte bescheren mir einen äußerst skeptischen Blick von Julius.

„Das ist doch albern. Genieß erst einmal deinen Abend und dann sehen wir morgen weiter."

„Danke, aber das kann nicht warten. Ich melde mich, wenn ich da bin."

Ich lege auf und merke, dass meine Hände bereits ganz schwitzig sind.

„Bring mich bitte zum Bahnhof", sage ich zu Julius.

„Ja, aber…"

„Nichts aber", unterbreche ich ihn. „Ich hab' doch gesagt, diesmal lass ich dich vielleicht einfach stehen."

„Hör auf mit dem Quatsch, was ist denn los?"

„Ich muss ins Krankenhaus."

Das Entsetzen steht Julius geradezu ins Gesicht geschrieben.

„Ich fahre dich", sagt er nur.

Wie zuvor schon schweigen wir uns die ganze Fahrt über an. Julius wirft mir immer wieder fragende Blicke zu, aber mir ist nicht nach reden. Als wir meine Heimatstadt erreichen, erkläre ich ihm kurz den Weg zum Krankenhaus und er hält auf dem dazugehörigen Parkplatz.

„Danke", will ich mich kurz und knapp verabschieden, denn ich bin einfach zu nervös für weitere Worte. Seit meiner Krankheit habe ich eine große Abneigung gegen Krankenhäuser entwickelt, auch wenn mir dort so gut geholfen wurde. Ich hasse einfach alles daran: Diese Sterilität, den Geruch von Desinfektionsmitteln, das Piepen der Geräte…

„Soll ich nicht lieber mitkommen?", hält Julius mich zurück.

„Nein, da muss ich alleine durch", gebe ich zurück.

Er scheint nicht besonders glücklich über meine Antwort zu sein, aber damit muss er nun leider leben. Für mehr habe ich jetzt keine Zeit.

Als ich durch die Schiebetüren gehe und das Krankenhaus betrete, ringe ich mit meinen Gefühlen. Ich gehe zum Informationsschalter, um nach meiner Oma zu fragen. Dort werde ich höflich darauf hingewiesen, dass um diese Uhrzeit sicherlich keine Besuchszeit mehr ist und erst jetzt fällt mir auf, dass tatsächlich schon fast die Nacht hereingebrochen ist.

Also nehme ich erst einmal im Wartebereich Platz

und weiß nicht so recht, was ich nun machen soll. Ich muss wohl eingenickt sein, denn plötzlich schreckt mich eine Stimme auf:

„Charlotte? Bist du das?"

Ich blinzele und schaue dann in ein mir sehr bekanntes Gesicht. Das Gesicht gehört zu einer der Schwestern, die mich während meiner Krankheit immer betreut haben.

„Sonja!", freue ich mich.

„Also bist du es wirklich. Mensch, was machst du denn hier um diese Zeit?"

Ich erkläre ihr kurz, dass meine Oma hier eingeliefert wurde und ich sie nun unbedingt sehen muss. Sonja hatte schon immer ein großes Herz, deshalb versuche ich es einfach mal mit Betteln. Und das zeigt nach einigen Versuchen tatsächlich Wirkung, sie macht sich für mich schlau und führt mich dann heimlich auf die Station, auf der Oma liegt.

Ich öffne leise die Tür zu ihrem Zimmer und versuche meine Augen an die Dunkelheit zu gewöhnen. Meine Oma liegt mucksmäuschenstill in ihrem Bett am Fenster. Allerdings hat sie wohl leider kein Einzelzimmer erwischt, denn von der anderen Seite des Raumes ist ein monotones Schnarchen zu hören. Ich schleiche mich zu Omas Bett und betrachte sie.

„Die Besuchszeit ist um, Lottchen", sagt sie plötzlich mit noch immer geschlossenen Augen. Ich muss mich zusammenreißen, um nicht vor Schreck zu kreischen, während sie anfängt zu schmunzeln.

„Mensch Oma", sage ich leise und nehme sie in den Arm.

„Lottchen, ehrlich, ich freue mich, dass du mich besuchen kommst, aber jetzt würde ich gerne schlafen."

„In Ordnung, Oma. Ich komme morgen früh wieder", gebe ich etwas enttäuscht zurück. Wobei es wohl tatsächlich etwas albern war mitten in der Nacht herzukommen. Ich schleiche mich wieder aus dem Zimmer und durch die Gänge des Krankenhauses. Ich komme mir vor wie früher, als ich manchmal vor lauter Langeweile hier herum gewandelt bin. Ich kann mich noch genau daran erinnern und trotzdem kommt es mir vor, als wäre das in einem anderen Leben passiert. Als gäbe es ein Leben vor und ein Leben nach der Krankheit und die beiden hätten nichts miteinander gemein.

Ich gehe zurück zum Parkplatz und sehe Julius nervös vor dem Wohnmobil auf- und ablaufen. Er scheint zu telefonieren.

„Es ist mir egal, wie spät es ist, Sophie! Weißt du, was mit Charlotte ist?", brüllt er fast in sein Telefon. „Willst du mich verarschen? Deswegen sind wir hier? Nicht wegen ihr?"

Ich berühre ihn am Arm und er fährt zu mir herum.

„Charlotte", zieht er mich erleichtert in seine Arme, „du machst mich wirklich wahnsinnig."

Ich nehme ihm sein Telefon ab und erkläre Sophie kurz, dass ich schon bei Oma war. Sie bestätigt mir noch einmal die Fragwürdigkeit dieser Aktion und redet mir ins Gewissen, dass ich Julius nicht noch einmal so im Unklaren lassen soll. Ich blicke in seine Augen und verstehe erst jetzt, dass er wirklich Angst um mich hatte.

„Soll ich dich nachhause fahren?", fragt er nun.

„Können wir nicht einfach hier im Wohnmobil bleiben?", frage ich zurück. Ich möchte jetzt wirklich nicht auch noch meine Eltern in Aufruhr versetzen.

„Hier auf dem Parkplatz?"

Ich nicke.

„Den Abend habe ich mir ehrlich gesagt anders vorgestellt", seufzt er und öffnet mir die Tür.

„Kannst du mich heute Nacht trotzdem einfach nur halten?", frage ich ihn leise.

Er schließt mich von hinten in die Arme und gibt mir einen Kuss auf den Kopf.

„Jag' mir bloß nie wieder so einen Schrecken ein", flüstert er in mein Ohr. Wie gern würde ich ihm das versprechen können…

KAPITEL EINUNDZWANZIG

Alle an einem Tisch

Am nächsten Morgen gehe ich früh in Omas Zimmer. Sie steht am Fenster und begrüßt mich mit einem Lächeln.

„Lottchen! Wer ist denn der nette junge Mann da unten?", fragt sie und zeigt aus dem Fenster. Da hat sie wohl ein Zimmer mit Blick auf den Parkplatz erwischt.

„Hallo Oma. Wie geht es dir?"

„Nicht ausweichen, Kindchen, ich habe zuerst gefragt."

„Das ist Julius, der Bruder meiner Lebensretterin", seufze ich.

„Ach je, von dem armen Ding… Und was macht er hier?"

„Er hat mich hergefahren. Und ich habe übrigens auch was gefragt!"

„Hm? Ach so, jaja, mir geht's gut. Alles halb so wild. Warum kommt er denn nicht mit hoch?"

„Lassen Sie mich auch mal sehen", mischt sich nun ihre Bettnachbarin ein und schlurft ebenfalls zum Fenster. In diesem Zimmer scheint niemand wegen Beinbeschwerden zu liegen.

„Den brauchen Sie aber wirklich nicht zu verstecken, Schätzchen", stimmt sie meiner Oma zu.

„Ich verstecke ihn ja auch gar nicht", beschwere ich mich. „Ihr könnt ihn doch prima von hier oben aus sehen." Und ich übrigens auch. Julius hat sich mit einer Tasse in die geöffnete Tür des Wohnmobils gesetzt und genießt so die Morgensonne. Ein Seufzer entfährt mir und die beiden älteren Damen lächeln mich wissend an.

„Ach Ursel, noch einmal frisch verliebt sein, das wär's, was?", zwinkert meine Oma ihrer Bettnachbarin zu.

„Es ist kompliziert", sage ich leise.

„Das ist es doch immer, Lottchen", sagt meine Oma.

Die Tür geht auf und meine Mutter und mein Vater betreten das Zimmer.

„Charlotte!", bringt meine Mutter überrascht hervor. „Was machst du denn hier?"

„Das Gleiche wie ihr, nehme ich an. Nach Oma sehen", gebe ich zurück.

„Aber um diese Zeit? Noch vor dem Frühstück? Es ist doch noch gar keine Besuchszeit."

„Ganz richtig", werden wir von einer Schwester unterbrochen, die gerade die Frühstückstabletts hereinträgt. „Wenn ich Sie also alle noch einmal herausbitten dürfte..."

„Ich habe doch gleich gesagt, wir brauchen erst nach dem Frühstück los", brummt mein Vater.

„Wartet doch einfach in der Cafeteria auf mich, ich komme nach dem Frühstück runter", sagt meine Oma.

„Darfst du denn überhaupt schon aufstehen?", fragt meine Mutter sichtlich besorgt.

„Ich habe mir den Arm gebrochen, ich bin nicht bettlägerig", tadelt Oma sie. „Ach und Lottchen", ruft sie mir hinterher, „bring ja deinen Freund aus dem Wohnmobil mit!"

Ich laufe rot an und versuche dem fragenden Blick meiner Mutter auszuweichen.

„Wie geht es euch denn so?", versuche ich abzulenken.

„Charlotte...", mahnt meine Mutter mich.

Ich gehe schweigend weiter und bin froh, endlich die Cafeteria zu erreichen. Die Erleichterung währt allerdings nicht lange, denn auch hier blickt man vom Fenster direkt auf den Parkplatz hinaus.

„Welcher ist es denn?", fragt mein Vater und deutet nach draußen. Und in dem Moment sehe ich es auch:

Es sind inzwischen zwei Wohnmobile auf dem Parkplatz.

„Ähm…", fange ich an zu stottern, während ich beobachte, wie Jan aus dem anderen Wohnmobil aussteigt.

„Ist das nicht Sophie?", fragt meine Mutter nun.

„Was ist denn eigentlich hier los, Charlotte? Seid ihr jetzt alle unter die Camper gegangen?", fragt mein Vater sichtlich amüsiert.

„Nun geh schon und hol' sie alle mal rein", sagt meine Mutter und schiebt mich zur Tür.

Mit hängenden Schultern schleiche ich mich zu den beiden Wohnmobilen. Jan kommt mit ausgebreiteten Armen auf mich zu und strahlt mich an.

„Einen wunderschönen guten Morgen wünsche ich dir", sagt er und zieht mich in eine Umarmung.

„Meine Eltern wollen euch sehen", bringe ich gepresst hervor.

„Sind das die beiden, die sich da die Nase am Fenster platt drücken?", fragt Jan und winkt in die besagte Richtung.

„Ach, sie sind auch hier, wie schön!", sagt Sophie und zieht Julius mit sich. Der wirft mir einen verstörten Blick zu und ich zucke entschuldigend mit den Schultern.

„Na dann wollen wir mal", sagt Jan und hakt sich bei mir unter.

Nachdem Sophie in ihrer überschwänglichen Art alle miteinander bekannt gemacht hat, besorgen uns Jan und Julius Kaffee, während Mama und Papa sich auch noch etwas zu essen aussuchen. Sophie und ich stellen zwei der runden Tische zusammen.

„Was macht ihr denn hier?", flüstere ich Sophie zu.

„Jan muss irgendwas aus seinem Restaurant holen und da dachte ich, ich schaue auch gleich mal nach Oma."

„Sie hat sich bloß den Arm gebrochen."

„Das sagst ausgerechnet du mir? Wer ist denn gestern sofort losgefahren?"

„Ich dreh' eben gleich durch, wenn ich nur das Wort Krankenhaus höre", gebe ich kleinlaut zu.

„Da hast du deinem Julius aber echt was zugemutet. Der hat natürlich gedacht, mit dir ist irgendwas. Mensch, Lottchen…", tadelt sie mich.

Wenn ihn das schon so schockiert, was wäre denn dann eigentlich, wenn ich wirklich wieder krank wäre?

„Wie läuft's eigentlich mit dir und Jan?", versuche ich abzulenken.

„Ach, da läuft gar nichts. Ich bin wohl leider nicht sein Typ", seufzt sie.

Die anderen kommen zum Tisch zurück und einen Moment lang entsteht eine unangenehme Stille. Bis

Jan das Wort ergreift und fragt, wie es unserer Oma denn nun eigentlich geht.

„Da muss man erst ins Krankenhaus kommen, um endlich mal wieder alle an einen Tisch zu bekommen, was?", mischt meine Oma sich ins Gespräch ein.

Sophie springt auf und fällt ihr um den Hals. Natürlich übernimmt sie auch diesmal wieder die Vorstellungsrunde.

„Oma, das sind Jan und Julius."

„Ah, der Lebensretter", reicht sie Julius die Hand.

„Nein, eigentlich nur der Bruder", stellt Julius klar.

„Ich meinte Charlottes Liebesleben", lächelt sie ihn an.

Julius grinst zurück und ich versuche erfolglos nicht rot anzulaufen.

„Und was machen Sie so?", wendet Oma sich nun an Jan.

„Ich sorge für das leibliche Wohl Ihrer Enkelinnen", antwortet Jan.

„Liebe geht ja bekanntlich durch den Magen", säuselt Sophie.

Meine Eltern scheinen davon gar nichts mitzubekommen, dafür starren sie Julius an.

„Habe ich das gerade richtig verstanden?", findet zuerst mein Vater seine Stimme wieder. „Ihre Schwester war Charlottes Spenderin?"

Julius nickt. In den Augen meiner Mutter sammeln

sich erste Tränen. „Wir sind ihr so unendlich dankbar", flüstert sie.

„Das wusste sie", gibt Julius zurück.

Nun herrscht eine entsetzliche Stille am Tisch, weil niemand mehr so recht weiß, was er dazu sagen soll. Der Tod bringt eben alle zum Schweigen.

„Und", durchbricht Jan diese unangenehme Situation, „habt ihr eigentlich schon einen Baum?"

Verwirrt schauen wir ihn alle an.

„Na einen Weihnachtsbaum, meine ich. Habt ihr schon einen?"

Diese Frage ist so skurril, dass ich einfach anfangen muss zu lachen. Und die anderen stimmen nach und nach mit ein.

„Das zieht einfach immer", zwinkert Jan mir zu.

Ich lasse meinen Blick durch die Runde schweifen und bin fasziniert davon, dass trotz ihrer Unterschiedlichkeit doch alle irgendwie zusammenpassen. Es ist fast so, als wären wir hier zu einer Familienfeier zusammengekommen und als würde diese nun langsam in Fahrt kommen. Jeder quatscht mit jedem. Und ich bin glücklich.

Irgendwann löst sich unser Grüppchen dann notgedrungen doch wieder auf, schließlich ist zumindest meine Oma ja nicht nur zum Spaß hier. Darauf hat meine Mutter sie auch gerade aufmerksam gemacht und sich zusammen mit ihr und meinem Vater auf Omas Zimmer verabschiedet.

„Und was macht ihr zwei jetzt?", fragt Jan mich betont beiläufig.

„Das weiß ich ehrlich gesagt auch nicht so genau", gebe ich zurück.

„Wir fahren zu mir", sagt Julius.

„Wir fahren zu dir?", frage ich etwas dümmlich nach.

„Ganz genau. Ich habe ja schließlich noch was bei dir offen."

„Charlotte?", mischt Jan sich ein. „Denk an dein Versprechen, das du Daniel gegeben hast. Manchmal darf man nicht nur auf seinen Bauch hören sondern muss auch mal den Verstand einschalten."

„Vor kurzem hast du mir aber noch genau zum Gegenteil geraten."

„Da war er ja auch noch nicht wieder da", sagt Jan und nickt zu Julius hinüber. „Ich will doch nur dein Bestes."

„Dann sind wir ja schon zwei", unterbricht Julius unser Gespräch. „Können wir dann?"

„Wir können", gebe ich zurück.

„Also dann", nickt Julius den anderen zur Verabschiedung zu, nimmt mich an die Hand und zieht mich nach draußen. Ich winke noch kurz und stolpere ihm dann hinterher.

KAPITEL ZWEIUNDZWANZIG

Die Sache mit der Wahrscheinlichkeit

Wir steigen in Luisas Wohnmobil und fahren los.

„Was denn eigentlich für ein Versprechen?", platzt es aus Julius heraus.

„Dass ich mir von dir nicht noch einmal das Herz brechen lasse", antworte ich leise.

Unsere Blicke treffen sich und ich meine in seinen Augen Schmerz zu erkennen. Sagen tut er dazu allerdings nichts.

Unsere Fahrt verläuft ansonsten wie zuvor, schweigend und der Musik lauschend. Bis mir plötzlich einfällt, dass er gesagt hat, wir fahren zu ihm – damit meint er doch wohl hoffentlich nicht zu seinen Eltern?

„Meinst du wirklich, das ist eine gute Idee?", frage ich ihn. „Ich meine, was werden sie denn dazu sagen?"

„Hm?"

„Na also zu uns, dass du und ich...", stammele ich sichtlich nervös.

„Charlotte, wovon redest du?"

„Na das muss doch komisch sein, wenn ihr Sohn mit der Frau nach Hause kommt, die irgendwie mit ihrer toten Tochter zusammenhängt..."

„Moment mal, sprichst du von meinen Eltern? Denkst du im Ernst, ich wohne noch bei meinen Eltern?"

Tja, denke ich wirklich, er wohnt noch bei seinen Eltern? Ich sollte das mit dem Denken vielleicht wirklich aufgeben. Ihn scheint das fürchterlich zu amüsieren, mir treibt es wieder einmal die Röte ins Gesicht.

„Darum geht es ja gar nicht", gebe ich trotzig zurück. „Aber was glaubst du, würden deine Eltern zu uns sagen?"

„Moment, ich rufe sie mal an", sagt er und drückt auf der Freisprecheinrichtung herum.

„Julius!", will ich ihn noch zurückhalten, doch da höre ich auch schon seinen Vater am anderen Ende der Leitung.

„Hallo Papa. Ich komme morgen nicht alleine. Ist das ein Problem?"

„Natürlich nicht. Deine Mutter hat wie immer viel zu viel Essen gemacht."

„Super. Dann bis morgen!"

„Bis morgen, mein Junge. Ich bin schon ganz gespannt auf deine Begleitung!"

Julius legt auf und sieht mich an.

„So, morgen wissen wir Bescheid", sagt er grinsend.

Nach einer gefühlten Ewigkeit kommen wir an ein Feld und Julius hält an.

„Da wären wir", sagt er und hält mir die Tür auf.

Ich schaue mich um und sehe nichts. Also außer dem Feld natürlich. Und einem Fluss am Ende des Feldes.

„Das ist mein Zuhause", erklärt Julius. „Also noch ist es nur mein Grundstück, aber es wird mal mein Zuhause."

Ich blicke mich etwas skeptisch um.

„Hier drüben soll das Haus hin", fährt er unbeirrt fort, „da vorne noch so eine Art Baumhaus und da hinten kommt der Bootsanleger hin. Der Fluss führt nämlich direkt zum Meer."

Er nimmt mich an die Hand und führt mich über das Feld.

„Ich wollte in diesem Jahr schon mal die Bäume pflanzen, damit die Kinder da später auch drin klettern können. Willst du überhaupt Kinder? Das heißt, kannst du überhaupt noch welche bekommen?"

Ich bleibe abrupt stehen. Schon wieder spielt meine Krankheit eine Rolle. Und sogar eine ganz gewaltige, obwohl sie das doch eigentlich nicht mehr tun sollte. Ein tiefer Seufzer entfährt mir.

„Sonst adoptieren wir einfach welche", versucht er die Situation zu retten.

„Bei Patienten in meinem Alter sorgt man vor. Das ist eines dieser wundervollen Gespräche, bei denen man sich mit Themen auseinandersetzen muss, über die man vorher noch nie nachgedacht hat", erkläre ich ihm. „Julius, ich weiß wirklich nicht, ob dir bewusst ist, worauf du dich einlassen würdest. Bei mir ist nicht alles so einfach."

„Bei wem ist es das denn schon?", gibt er zurück.

„Bei mir weißt du halt nie, ob die Krankheit nicht doch wiederkommt und ob ich das dann nochmal so gut überstehe."

„Ja und? Bei Luisa wusste auch keiner, dass es so schnell zu Ende geht."

Treffer versenkt.

„Aber bei mir ist die Wahrscheinlichkeit eine ganz andere", versuche ich es erneut.

„Wenn es nach der Wahrscheinlichkeit ginge, würde auch kein Mensch mehr Lotto spielen. Charlotte, ich meine es ernst. Lass doch einfach mal los. Lass dich fallen." Er zieht mich in seine Arme und ich schaue ihm in die Augen. „Ich bin da und ich fange dich auch auf. Versprochen."

Ich schließe meine Augen, sinke in seine Arme und lasse meine Gedanken los. Nach und nach wird mein

Kopf frei und ich horche nur noch auf meine Gefühle. Ein Kribbeln fährt durch meinen Körper und ich werde mir der Nähe zu Julius immer bewusster.

Ich kann ihn riechen, spüre seine Arme um mich herum und höre seinen Herzschlag an meinem Ohr. Ich spüre die Wärme, die von ihm ausgeht, und merke, wie das Kribbeln in mir sich verstärkt. Sein Atem streicht mir über das Haar und seine Hand über meinen Rücken.

Ich fühle mich angekommen, als wäre ich genau hier und jetzt zur richtigen Zeit am richtigen Ort.

Ich öffne meine Augen wieder, hebe meinen Kopf und sehe ihn an.

„Darf ich dich um was bitten?"

Er zieht die Stirn kraus und schaut mich erwartungsvoll an.

„Bleib bitte bei mir."

„Hey, wir sind hier quasi bei mir. Wenn, dann bleibst du bitte heute", lacht er.

„Und was ist, wenn ich länger bleiben will?"

„Dann musst du das hier jetzt jeden Tag ertragen", sagt er und küsst mich.

Ich denke, das bekomme ich hin.

Die Nacht verbringen wir trotz meines Protestes nicht im Wohnwagen sondern in einem Zelt. Julius stellt es dort auf, wo er das zukünftige Schlafzimmer plant. Zum Antesten, wie er sagt. Und außerdem soll ich meine warmen Sachen ja nicht umsonst mitgeschleppt haben.

KAPITEL DREIUNDZWANZIG

Er gehört zu mir

Am nächsten Morgen werden wir von strahlendem Sonnenschein geweckt. Die Müdigkeit steckt uns beiden noch in den Knochen, dennoch fahren wir kurz darauf in den nächsten Ort und frühstücken in einer kleinen Bäckerei.

Ich fühle mich wie ein frisch verliebter Teenager und kann kaum die Augen von Julius nehmen. Und auch meine Finger finden stets wie selbstverständlich seine Hand. Ich bin glücklich und zufrieden und könnte mich an diese Gefühle tatsächlich gewöhnen.

„Wir müssen dann langsam mal los, fürchte ich", seufzt Julius.

„Wohin denn?", frage ich verwundert.

„Na zu meinen Eltern."

Stimmt, das hatte ich ja völlig verdrängt.

Augenblicklich spüre ich einen Kloß in meinem Hals.

„Können wir das nicht doch nochmal verschieben?", bettele ich.

„Nein, können wir nicht. Außerdem kennt ihr euch doch schon, das wird halb so wild."

Hoffentlich irrt er sich da nicht.

Die Fahrt zu seinen Eltern verbringe ich mit gemischten Gefühlen. Einerseits bin ich äußerst angespannt, andererseits freue ich mich auch darauf, sie wiederzusehen. Julius verbringt die halbe Fahrt damit, Anrufe auf seinem Handy wegzudrücken.

Als wir schließlich vor dem Haus seiner Eltern halten, muss ich daran denken, wie ich mich bei meiner ersten Ankunft hier gefühlt habe. Es ist noch gar nicht so lange her, trotzdem fühlt es sich an, wie aus einer längst vergangenen Zeit. Ich muss schmunzeln, als ich wieder die Szene vor Augen habe, wie Julius mir als Luisas Zwillingsbruder vorgestellt wurde.

„Basti ist heute übrigens auch da", reißt Julius mich aus meinen Erinnerungen.

„Wer?", frage ich zurück.

„Luisas Freund. Also Ex-Freund... Na, wie auch immer", sagt er und steigt aus dem Auto.

Meine Frage nach dem Warum geht in dem

lautstarken Gesang seiner Eltern unter, die gerade aus dem Haus kommen. Ich werde das Gefühl nicht los, irgendetwas Wichtiges verpasst zu haben. Bei der Textzeile „Wir gratulieren dir, Geburtstagskind" wird mir jedoch schlagartig bewusst, was das sein könnte.

„Hast du etwa heute Geburtstag?", zische ich Julius an.

„Sieht ganz so aus", gibt er grinsend zurück.

„Und wieso sagst du mir das nicht?"

„Ich hatte Wichtigeres zu tun", zwinkert er mir zu.

Seine Eltern haben inzwischen ihren Gesang beendet und ziehen Julius in ihre Arme. Nach schier endlosen Glückwünschen geben sie ihn wieder frei und werfen nun einen Blick auf seine Begleitung – mich.

„Charlotte?", fragt mich seine Mutter sichtlich irritiert. „Sind Sie das?"

„Natürlich ist sie das", antwortet sein Vater für mich. „Wie schön, Sie wieder einmal hier begrüßen zu dürfen!"

„Was für ein Zufall", sagt seine Mutter. „Na dann feiern Sie doch einfach gleich mit! Ich stelle noch schnell ein Gedeck für Sie auf den Tisch."

„Mama", hält Julius sie zurück. „Das hast du doch schon längst getan. Jedenfalls hoffe ich, dass Papa dir das ausgerichtet hat."

Seine Mutter schaut ihn verständnislos an.

„Es ist kein Zufall, dass Charlotte hier ist, Mama. Sie gehört jetzt zu mir."

Stille.

„Darauf brauch ich jetzt erst mal einen Schnaps", sagt sein Vater und scheucht uns alle ins Haus. Seiner Mutter hat es offensichtlich die Sprache verschlagen.

„Das passiert sonst nie, ist auch mal ganz schön", flüstert Julius mir ins Ohr.

„Ist das jetzt ein gutes oder ein schlechtes Zeichen?", flüstere ich zurück.

Julius zuckt nur mit den Schultern. Na prima.

„Julius, altes Haus! Alles Gute zum Geburtstag!", schallt es aus dem Wohnzimmer. Julius geht vor, deshalb sehe ich zunächst nur zwei Arme, die ihm brüderlich auf den Rücken klopfen. Dann schaue ich direkt in zwei grün funkelnde Augen, die meinen Blick fixieren.

„Hi! Ich bin Basti", sagt er und schiebt Julius einfach beiseite, während er noch immer meinen Blick gefangen hält.

„Hallo, ich bin Charlotte", sage ich schüchtern und halte ihm die Hand hin. Sein Händedruck ist sanft, obwohl er so groß und muskulös wirkt. Er ist auch tatsächlich noch größer als Julius, sein Hemd spannt an den Oberarmen, die sehr gut trainiert zu sein scheinen, und sein Blick hat durch diese grün funkelnden Augen wirklich irgendwie etwas Geheimnisvolles an sich. Nun habe ich also endlich ein Bild zu Luisas Beschreibungen und kann mir gut vorstellen, dass so manche Frau ihn als Traummann bezeichnen würde.

„Sie ist die Frau, der Luisa ein neues Leben geschenkt hat", sprudelt es plötzlich aus Julius' Mutter heraus.

Basti bekommt große Augen und taxiert mich noch einmal von oben bis unten. Dabei hält er noch immer meine Hand fest.

„Und sie ist die Frau, die ab jetzt zu mir gehört", fügt Julius hinzu und löst meine Hand aus Bastis Griff.

„Tut sie das?", fragt Basti und erwartet anscheinend tatsächlich eine Antwort von mir.

„Ja, das tut sie, also ich… Ich meine, ja, ich gehöre jetzt zu ihm", stammele ich vor mich hin, während seine Blicke mich zu durchbohren scheinen. Irgendetwas verunsichert mich an seiner Art.

„Ich glaube, er kann mich nicht leiden", sage ich leise zu Julius, als wir nach dem Essen das Geschirr in die Küche räumen.

„Ach Quatsch, Basti ist schon in Ordnung. Er hat eben auch eine schwere Zeit durchgemacht, gib ihm eine Chance."

„Julius, Telefon!", ruft seine Mutter aus dem

Wohnzimmer zu uns herüber.

„Entschuldige mich kurz", sagt Julius, gibt mir einen Kuss und geht zurück ins Wohnzimmer.

Ich bleibe noch am Küchenfenster stehen und lasse meinen Blick über den Garten schweifen. Aus dem Augenwinkel nehme ich wahr, wie Basti die Küche betritt und sich neben mich an die Küchenzeile lehnt.

„Du hast Julius ganz schön den Kopf verdreht, so war er noch nie wegen einer Frau drauf."

Ich zucke nur mit den Schultern.

„Ich hoffe, du meinst es auch wirklich ernst mit ihm."

„Ich? Die Frage ist doch wohl eher, ob er es wirklich ernst mit mir meint und nicht nur wehmütig wegen Luisa ist!", gebe ich entrüstet zurück.

Er schaut mich mit großen Augen an. „Das ist der größte Mist, den ich je gehört habe."

„Wieso? Ist doch schon komisch, wie vertraut wir uns von Anfang an waren. Und außerdem hat er ja auch schon selber festgestellt, dass ich ihr ähnele."

„Du sprichst jetzt nicht wirklich von dem Quatsch mit dem Zimt, oder?", spottet er.

„Du weißt davon?", frage ich beschämt.

„Mann, und ich dachte schon, er macht da ein Drama draus", seufzt er.

Ich schaue ihn nur fragend an.

„Ihr macht das so unglaublich kompliziert, dabei solltet ihr einfach froh sein, dass ihr euch gefunden habt! Wie er mir in den Ohren gelegen hat nach deinem ersten Besuch hier…"

„Hat er das?"

„Er war so durch den Wind, das kannst du dir gar nicht vorstellen. Und jetzt erzähle ich dir mal das Gleiche, was ich damals zu ihm gesagt habe: Nur, weil du Luisas Stammzellen bekommen hast, bist du noch lange nicht sie. Wenn er dich deshalb mögen würde, müsste ich ja jetzt total verschossen in dich sein. Bin ich aber nicht, sorry. Wenn das mal nicht der ultimative Beweis ist…", grinst er mich an.

Nun muss auch ich schmunzeln.

„Was denn für ein Beweis?", fragt Julius, der plötzlich wieder im Türrahmen erscheint.

„Ich liebe sie nicht, kannst sie haben", sagt Basti frech und fängt sich dafür einen Schlag auf den Hinterkopf ein. „Mal ehrlich Leute, seid froh, dass ihr euch habt. Das Leben geht schneller vorbei als man denkt. Aber wem sag' ich das eigentlich…"

Julius und ich schauen uns nur an und sagen uns damit doch so viel.

„Ich finde, darauf stoßen wir jetzt erst mal an", sagt Basti. „Auf das Leben, die Liebe, auf Luisa und all ihre Zwillinge."

Nachdem Julius' Eltern den ersten Schock verdaut haben, verbringen wir noch einen schönen Tag zusammen. Ich fühle mich, als hätte ich wieder einen

Teil meiner Reise geschafft, das nächste Etappenziel erreicht.

Apropos Reise, kommt Daniel nicht morgen zurück?

Das tut er tatsächlich und ich habe Julius dazu überredet, in aller Frühe wieder abzureisen, damit wir ihn vom Bahnhof abholen können.

So stehen wir nun also am Gleis und warten unruhig auf Daniels Ankunft. Wobei eigentlich nur ich unruhig bin, Julius scheint die Ruhe selbst zu sein.

Endlich fährt der Zug ein und hält mit dem üblichen Quietschen vor uns an, das mir immer einen eiskalten Schauer über den Rücken jagt. Nervös suche ich zwischen den wenigen Aussteigenden nach einem mir wohlbekannten Gesicht, entdecke es jedoch nicht. Ich stelle mich auf die Zehenspitzen und hüpfe sogar mehrmals in die Höhe, um zu sehen, ob sich hinter den paar Menschen nicht doch noch jemand versteckt, während Julius sich nur ein Lachen unterdrückt.

„Hilf mir lieber mal!", maule ich ihn an.

„Kann ich dir vielleicht helfen, Lottchen?", schallt es plötzlich von hinten in meine Ohren und ich fahre herum.

„Daniel!", falle ich ihm in die Arme. „Schön, dass du wieder da bist!"

„Ich scheine einiges verpasst zu haben", sagt er und deutet zu Julius hinüber.

„Das kann man so sagen", grinse ich ihn an.

„Wenigstens ist dein echtes Lächeln jetzt wieder zurück", stellt er augenzwinkernd fest. „Aber bleibt das denn auch noch, wenn ich ihm gleich eine dafür reinhaue, wie er dich behandelt hat?"

„Was?", gebe ich entsetzt zurück.

„Wenn du die Antwort für den Kuss mit ihr vertragen kannst", mischt Julius sich ein.

„Hm… Dann sind wir wohl quitt, schätze ich", stellt Daniel fest und hält Julius die Hand hin.

„Einverstanden", erwidert Julius und schlägt ein.

„Und sonst so? Mein Laden steht hoffentlich noch?", sieht Daniel mich fragend an.

„Sonst ist eigentlich alles beim Alten", gebe ich zurück.

Nur, dass ich jetzt glücklich bin.

KAPITEL VIERUNDZWANZIG
Ein letzter Brief

10. April

Liebe Luisa,

ich feiere inzwischen meinen dritten Geburtstag und auch wenn meine Zeilen Dich wohl niemals dort erreichen werden, wo auch immer Du nun sein magst, muss ich Dir noch einmal danken.

Ich habe Deine Eltern kennengelernt und sie sind genauso großartig wie Du. Sie haben mir viel über Dich erzählt und mir das Gefühl gegeben, nun auch ein Teil eurer Familie zu sein.

Und Deinen Bruder habe ich kennengelernt. Warum hast Du mir eigentlich nie von ihm erzählt? Falls Du mich so vor ihm schützen wolltest, muss ich Dir

sagen, es hat nicht funktioniert. Er weicht mir nicht
mehr von der Seite. Und das ist auch gut so.

Ich habe inzwischen gelernt, dass Pläne gut sind,
aber eben nicht alles. Dass sie manchmal nur Pläne
auf Zeit sein können und dass das, was sie verändert,
nicht unbedingt schlecht sein muss.

Ich habe meinen Neuanfang gefunden. Und das
bedeutet für mich: Ich habe nicht mein Leben
geändert, sondern einfach meinen Blick darauf. Ich
verschwende meine Zeit und Energie nun nicht mehr
nur an das Schmieden von Lebensplänen sondern
viel mehr an das eigentliche Leben selbst. Wie Du
vermutlich sagen würdest: Wer nach vorne sehen
will, darf nicht nach hinten denken. Und nur wer
loslässt, hat die Hände frei.
Ich denke, ich weiß jetzt wieder, wie man lebt. Und
ich glaube, ich bin angekommen auf meiner Reise.
Zumindest bei einem Zwischenziel.

Irgendwer hat mal gesagt, das Leben schreibt die
besten Drehbücher. Das stimmt aber nicht ganz,
denn in meinem Film hättest Du weiterhin
mitgespielt. Es wäre eine Mischung aus
Liebesschnulze und Komödie geworden und der Film
hätte auf jeden Fall ein richtiges Happy End gehabt,
nicht so ein halbgares wie jetzt.

Ich werde Dich nie vergessen.

Deine Charlotte

ENDE

Dank

Mein Dank gilt vor allem meinem Mann Nils, ohne den ich dieses Projekt vielleicht niemals in Angriff genommen hätte: Danke für dein Vertrauen, deine Ermutigungen und das Ertragen meiner Selbstzweifel.

Bei meinen Eltern möchte ich mich für die vielen Urlaube an ein- und demselben Ort bedanken, der mir so sehr ans Herz gewachsen ist, dass er nun das Cover dieses kleinen Buches ziert.

Außerdem möchte ich mich bei all den Lebensrettern für ihre Geschichten bedanken, die mich immer wieder begeistern.

Einige dieser Geschichten lassen sich unter https://www.dkms.de/de finden, genau wie die Möglichkeit, selber Leben zu retten.